La Cuentista

TRADITIONAL TALES
IN SPANISH AND ENGLISH

CUENTOS TRADICIONALES
EN ESPAÑOL E INGLES

Teresa Pijoan

Translated from English by Nancy Zimmerman

R·E·D
CRANE
BOOKS

Santa Fe

First Edition

Manufactured in the United States of America

Book design by GLYPHICS, Terry Duffy Design

Cover painting by Alexandria Levin

Text illustrations by Rachel Lazo

Library of Congress Cataloging-in-Publication Data

Pijoan, Teresa,
    La cuentista: traditional tales in Spanish and English/by
Teresa Pijoan; translated from English by Nancy Zimmerman.
        p.   cm.
    ISBN 1-878610-422
    1. Spanish Americans-New Mexico-Fiction.
I. Zimmerman, Nancy.   II.Title.
PS3566.I438S63 1993
813' .54-dc20   93-38779
                                CIP

Red Crane Books
2008 Rosina St., Suite B
Santa Fe, New Mexico 87505

This book is dedicated to
Chuck and Jennifer Couch
of Fort Worth, Texas.
They have brought
song and peace out of chaos,
joy to the disheartened,
and love to those in pain.
You are loved. T.P.

Dedico este libro a
Chuck y Jennifer Couch
de Fort Worth, Texas.
Ellos han sacado
música y paz del caos:
han dado alegría a los descorazonados
y amor a los lastimados.
Son bien queridos. T.P.

Contents
Tabla de materias

Preface

There is never a time—no matter how horrible or joyful or sorrow-ful—that a story cannot help ease our vulnerability and fear. *Cuentos*, or stories of the old ones, are relevant and vital to our present sur-vival. They help us believe, and we must believe in our lives. They help us go on with strength and spirit.

Hope springs from the art of storytelling—hope that rises from within us, pulsates life into our most desperate moments, breathes life into our newborn, ripens love, enriches the poor, humbles the wealthy. An elderly rabbi once told me that God made people out of love for stories. Here, then, are stories for you to cry to, laugh with, think about, and hold close to your heart. You, too, have your own stories. We exchange hope through our telling of these many stories.

Storytelling has been an integral part of my life since childhood. My grandfather was a writer from Barcelona. His magic with words influ-enced me. My own brothers also told wonderful stories. Each story held its own importance. I grew up surrounded by storytellers, from the postman to the dentist. To this day, when people hear I'm a story-teller, they turn to me and share their own stories with me. As a child I heard the same stories over and over. My father captivated audiences with his stories of medicine and healing. My mother came from the East, and with her came the wonder of choosing one life over another. What mysteries were revealed to me as a child through her tellings!

The world I know is forever changing. Growing up in northern New Mexico allowed me to learn stories of mixed cultures, each with its own importance, its own religion, its own timeless beauty.

I held on to the stories. I have collected over six hundred stories and continue to collect more. Life only becomes richer with the acceptance of another story, another form of the human condition to think about and cherish.

I write as I breathe: to live. I live for the sharing of stories, compas-sion mixed with words. The emotions of stories weave the delicacies of life together. Somehow we each find those who will listen and believe. I am a storyholder in the sense that each story I hear becomes

Prólogo

No existe el momento—cuan horroroso o feliz o triste que sea—en el que un buen cuento no pueda aliviar nuestra vulnerabilidad y miedo. Cuentos, o sea, los relatos de nuestros antepasados, nos son pertinentes y vitales para nuestra supervivencia. Nos ayudan a creer en nuestras vidas, algo imprescindible. Nos ayudan a continuar con fuerza y ánimo. La esperanza brota del arte de recontar historia—la esperanza que nos llena, que revive nuestros momentos más desesperados, da aliento al recién nacido, madura el amor, enriquece a los pobres, y humillan a los ricos. Un viejo rabí me contó una vez que Dios creó a la gente porque le gustaron tanto los cuentos. He aquí, entonces, unos cuentos para hacerle a uno llorar, reírse, contemplar y guardar en el corazón. Usted, lector, también tiene sus propios cuentos. Es un intercambio de esperanza el recontar estas muchas historias.

La narración ha sido una parte integral de mi vida desde la niñez. Mi abuelo era un escritor de Barcelona. Su manera encantadora de narrar me impresionó mucho. Mis hermanos también contaban historias maravillosas, cada una con su propia importancia. Crecí rodeada de cuentistas, desde el cartero hasta el dentista. Aún hoy en día, cuando la gente se da cuenta de que soy cuentista, se me acercan para compartir sus propios cuentos. De niña solía escuchar los mismos cuentos repetidamente. Mi padre cautivaba a la gente con sus cuentos sobre medicina y curaciones. Mi madre era del Este y trajo la experiencia de poder escoger entre una manera de vivir y otra. ¡Qué misterios se me revelaban a través de sus narraciones!

El mundo que conozco sigue cambiando. Haberme criado en el norte de Nuevo México me proporcionó la oportunidad de conocer las historias de varias culturas mezcladas, cada una con su propia importancia, su propia religion, su propia hermosura eterna.

Guardé los cuentos. Ya tengo reunidos más de seiscientos cuentos, y sigo buscando más. La vida se enriqueece con la llegada de otro cuento, otra manifestación de la condición humana que da para pensar y querer.

part of my own story. Sally Curro stood by my side and urged me on to write this book, and to her I am forever grateful. Gary Cordova, Orlando Vigil, Barbara Jiron Sanchez, Allessandro Salimbeni, and Renée Gregorio wish to share the wealth of these stories with you. Also, thank you to Frank M. Booker, who shares in the drama of life.

Much thanks to Elton Abeita, Carleen Arellanes, Patrick Arquero, Quinton Brown, Jaclyn Calabaza, Shannon Candelaria, Manuel Corral, Orlando Coríz, Simon Esquibel, Brenda Fierro, Ian Eller, Chris García, Joseph García, Carina Goske, Gabriel Gutíerrez, Art López, Marvel Lovato, Randy Lovato, Shawn Martínez, Lupe Mira, April Montoya, Celina Padilla, Owain Phillips, Yolanda M. Salazar, Melissa Sanchez, Leon Sanchez, Derrick Suina, Joey Armijo, Amy Foster, William Lovato, Yvette Esquibel, Russell Patrick Griego, William Hartley, Donovan Hurtado, Raydell Latoma, Juan Maes, Bernadette Pérez, Jaime Gallant, Jeremy Lucero, Monica Meier, Andre Ortiz, Aaron Padilla, Reynaldo Reano, Tiffany Suina, Phillip Templeton, Camelio Torres, Janet Valencia, Annette Wright, Llana Sando, Leo Vanderpool, Melba Davis, Frances Sandoval, Barbara Jiron-Sanchez, and Ivan Archibeque. All of these students, friends, and fellow authors were patient while I wrote, asked questions, and tried out these stories on them. Thank you. There is a place on my bookshelf for each one of your books.

Escribo tal como respiro: para vivir. Vivo para compartir los cuentos, la compasión entretejida en las palabras. Soy un depósito de cuentos, ya que cada historia que escucho llega a formar parte de mi propia historia. Sally Curro me apoyó en escribir este libro, y de ella estoy eternamente agradecida. Gary Córdova, Orlando Vigil, Barbara Jirón Sánchez, Allessandro Salimbeni y Renée Gregorio quieren compartir con los lectores la riqueza de estas historias. También doy gracias a Frank M. Booker, quien participa en el drama de la vida.

Quisiera agradecer a Elton Abeita, Carleen Arellanes, Patrick Arquero, Quinton Brown, Jaclyn Calabaza, Shannon Candelaria, Manuel Corral, Orlando Coríz, Simón Esquibel, Brenda Fierro, Ian Eller, Chris García, Joseph García, Carina Goske, Gabriel Gutiérrez, Art López, Marvel Lovato, Randy Lovato, Shawn Martínez, Lupe Mira, April Montoya, Celina Padilla, Owain Phillips, Yolanda M. Salazar, Melissa Sánchez, Leon Sánchez, Derrick Suina, Joey Armijo, Amy Foster, William Lovato, Yvette Esquibel, Russell Patrick Griego, William Hartley, Donovan Hurtado, Raydell Latoma, Juan Maes, Bernadette Pérez, Jaime Gallant, Jeremy Lucero, Monica Meier, Andre Ortiz, Aaron Padilla, Reynaldo Reano, Tiffany Suina, Phillip Templeton, Camelio Torres, Janet Valencia, Annette Wright, Llana Sando, Leo Vanderpool, Melba Davis, Frances Sandoval y Ivan Archibeque. Gracias a todos ellos—estudiantes, amigos y colegas—que me demostraban mucha paciencia mientras yo escribía, hacía preguntas y sometía a prueba estos relatos. Hay lugar en mi biblioteca para cada libro de ustedes.

Story Notes

MARTA

Greg Montaño walked along the ridge overlooking the deep canyon on the south side of Chimayó. His limp was noticeable and his brow heavily wrinkled. His right hand waved in the air as he spoke. His voice—soft, gravelly, and lonely—spoke of his fine woman Marta. The love and tenderness in his voice was deeply touching. The past had been a great adventure. His deep-set brown eyes sparkled with each thought. Love for Marta, love for the land, love for the honor of life, pulsated from him. This is his story.

WATER SLEEPS

This story or thought was told or taught to me by Amadeo Ortiz. Amadeo Ortiz was a proxy father, friend, uncle, comrade, and most importantly, teacher of life. His wisdom will never be forgotten.

CLOWNS

The dentist was very busy, and people were standing in the waiting room. Two men, as different as night and day, ended up sharing the same small bench during their wait. They began talking. They had deep, resounding voices. One man was Spanish, one was Indian, but their experience was mutual. Where else but in a dentist's office could you hear such a fine story?

THE MAN WITH WORMS

Jimmy and Gilbert Baldonado pitched the weeds and beer cans up on the bank of the irrigation ditch. I hurried to the pasture ditch gate. There was the horseshoer from Wyoming. I told him about the irrigation ditch, and he told me about the man with worms.

Comentario

MARTA

Greg Montaño caminaba por la cresta que daba al profundo cañón al sur de Chimayó. Tenía una cojera notable y la frente arrugada. Hacía ademanes en el aire con la mano derecha mientras hablaba. Su voz— baja, áspera y solitaria—hablaba de su buena mujer, Marta. El amor y la ternura en su voz eran profundamente conmovidores. Su historia había sido una gran aventura. Sus profundos ojos marrones bailaban con cada pensamiento. El amor por Marta, el amor por la tierra, el amor del honor de la vida, le vibraban adentro. Esta es su historia.

EL AGUA DUERME

Este relato, o sea, la idea, me lo contó Amadeo Ortiz. Amadeo Ortiz era como mi segunda padre, mi amigo, mi tío, mi compañero y, lo más importante, mi maestro de la vida. Jamás se me olvidará de su sabiduría.

LOS PAYASOS

El dentista estaba muy ocupado y mucha gente esperaba en la ante- sala. Dos hombres, que se veían diferentes como la noche y el día, lle- garon a compartir el mismo banco pequeño durante la espera. Se pusieron a conversar. Tenían profundas voces resonantes. Uno era español, el otro era indio, pero sus experiencias eran iguales. ¿En qué otro lugar sino en la antesala del dentista se podría escuchar una histo- ria tan buena?

EL HOMBRE CON GUSANOS

Jimmy y Gilberto Baldonado sacaban las malas hierbas y las latas de cerveza del arroyo. Me apresuré para llegar a la compuerta del arroyo que daba al pasto. Allí se encontraba a un herrero de Wyoming. Yo le platiqué del arroyo, y él me habló del hombre con gusanos.

RAIN CLOUDS

This story was told to the Indian people and then passed on to me through them. The Tewa version was told to me when I was very young. I love telling this story. Everyone feels very strongly about this story, especially if it is read aloud.

STRANGER'S GIFT

This story was a gift from Octaviano Alarid of Santa Fe. He was the groundskeeper of the Randall Davey House on Upper Canyon Road in Santa Fe, New Mexico.

CLIFF CHILDREN

Jackie Ericksen followed me around one weekend documenting the petroglyphs of New Mexico. This cliff is above the Santuario de Chimayó de Nuestro Señor de Esquípulas in Chimayó, New Mexico. We were discussing this particular cliff when the priest came out to get some air. He overheard our conversation and added that there were books to document the story of the children. He showed us the entry in the church historical log.

PADRE MARTINEZ AND SAN JOSE

My brother Nicholas is a lawyer and a member of the church. I happened to mention this to a student. She then told me this story in her own creative voice.

THE TEACHER

My oldest brother Chip and I delivered groceries to Tierra Amarilla in the early 1970s to the T. A. Co-op. It was there that Rosa Martínez told us this story of *La Gente* and the government.

IDIOTS

Jim Dunn (from Denver) came down one Halloween in his coffin-carrying, eighteen-wheeler truck. He took my daughters Nicole and Claire and me to the local grocery to buy some pumpkins. The storekeeper told us this Spanish story in reference to all the people who squeezed, bounced, and sniffed pumpkins before buying them.

NUBARRONES

Antes contaban los indios este cuento y, un día, me lo contaron a mí. Oí la versión de los indios Tewa cuando yo era niña. Me encanta contar esta historia. Todo el mundo reacciona con sentimientos fuertes al oírlo.

EL REGALO DEL EXTRANJERO

Este cuento fue un regalo de Octaviano Alarid. Era el guardián de la casa Randall Davey en Upper Canyon Road en Santa Fe, Nuevo México.

LOS NIÑOS DEL BARRANCO

Jackie Ericksen me acompañaba un fin de semana para documentar la petrografía de Nuevo México. Este barranco está detrás del Santuario de Chimayó de Nuestro Señor de Esquípulas en Chimayó, Nuevo México. Hablábamos del barranco cuando salió el cura para descansar. Dijo haber oído la historia y añadió que había libros que constataban la historia de los niños. Nos enseñó el artículo en el registro histórico de la iglesia.

EL PADRE MARTINEZ Y SAN JOSE

Mi hermano, Nicholas, es abogado y feligrés de la iglesia. Se lo mencioné por casualidad a una de mis estudiantes. Entonces ella me narró esta historia con sus propia voz creativa.

EL MAESTRO DE ESCUELA

Chip, mi hermano mayor, y yo cargamos mercadería a la cooperativa de Tierra Amarilla a principios de los años setenta. Allí, Rosa Martínez nos relató esta historia de la gente y el gobierno.

LOS IDIOTAS

El Día de los Muertos, Jim Dunn llegó de Denver en su camión portaféretro de dieciocho ruedas. Nos llevó a mis hijas Nicole y Claire y yo a la tienda del vecindario para comprar unas calabazas. El tendero nos relató este cuento español sobre la gente que apretaba, rebotaba y sorbía las calabazas antes de comprarlas.

THE LAND OF THOSE WHO SLEEP

This story took years of listening and awareness before it could be written. "The Land of Those Who Sleep" is actually a combination of three very old Spanish stories. It combines, in my mind, the best of all three.

THE WELL

This story comes from Arkansas and was shared by a man who lives at the trading post in the Lost Valley. He never told us where the well was. "If you walk from here to the ends of the earth, you will never find it. That is, unless you have found true love. Then the well will be waiting for you." There you have it.

THE CROSS

Tennessee gentlemen are rarely found in New Mexico. At a story-telling with Tonie Beatty at the Rio Rancho Library, there was just such a gentleman. His leather was polished to a fine shine from hat to boots. His pants were razor-pressed, his vest was buttoned over his white shirt, and his diction was tailored. After the storytelling, he shared this story.

THE ANGEL FROM ALCALDE

This story comes from Alcalde, New Mexico. Amadeo Ortiz and my brother Oliver were wiring San Juan Mercantile. Shoppers were walking under the ladder and over the equipment, and the two men were too busy to deliver groceries. So, I took groceries up to Alcalde and had the pleasure of hearing this story firsthand from Policarpo himself.

THE HOUSE OF GREEN

Every fall we would go up to Truchas, New Mexico, to see the changing of the seasons on the mountain. We would pass this house and wonder about it. One year I stopped and asked Mr. Ortega about the house. He told me some, his son told me a little more, and his grandson was eager to tell me all, but he was shushed up and sent home for more wood. This is what I share with you.

LA TIERRA DE LA GENTE QUE DUERME

Se necesitaba muchos años de escuchar esta historia y luego pensar antes de que se pudiera escribirla. La Tierra de la Gente que Duerme es en realidad una combinación de tres viejos cuentos españoles. Este logra combinar, según mi opinión, lo mejor de los tres.

EL POZO

Este cuento llega de Arkansas y fue relatado por un hombre que vive en la factoría de Valle Perdida. Nunca nos dijo dónde se ubica el pozo: —Si caminan desde aquí hasta los fines del mundo, aun no lo hallarán. Eso es, a menos que hayan encontrado el amor verdadero. Entonces el pozo les espera—. Así es la historia.

LA CRUZ

Raramente se encuentra a caballeros de Tennessee en Nuevo México. En una reunión de narradores con Tonie Beatty en la biblioteca de Río Rancho, apareció tal caballero. Su ropa de cuero estaba bien pulido, desde el sombrero hasta las botas. Sus pantalones estaban bien planchados, su chaleco abotonado sobre una camisa blanca, y hablaba con esmero. Después de la reunión, compartió con nosotros este cuento.

EL ANGEL DE ALCALDE

Este cuento es de Alcalde, Nuevo México. Amadeo Ortiz y mi hermano, Oliver, estaban alambrando el Mercantil de San Juan. Los clientes caminaban debajo de la escalera y por encima de nuestros materiales de trabajo y los dos estaban demasiado ocupados para llevar las compras. Entonces yo llevé la mercadería a Alcalde y tuve el placer de oír esta historia directamente del mismo Policarpo.

LA CASA VERDE

Cada otoño íbamos a Truchas, Nuevo México, para ver el cambio de estaciones en las montañas. Al pasar por esta casa, nos despertaba la curiosidad. Una vez me paré y le pregunté al señor Ortega acerca de la casa. Me habló un poco, su hijo me dijo un poco más y su nieto estaba a punto de decírmelo todo, pero le callaron y le mandaron a recoger leña. Lo que sé de la historia es lo que ofrezco aquí.

THE OLD MAGPIE-HUSBAND'S GRIEF

Mrs. Tina Cullum lived in the Randall Davey House on Upper Canyon Road in Santa Fe. I was the gallery catalog writer who arrived early and left late with my newborn daughter Nicole Diane. Mrs. Cullum would sit by Nicole's cradleboard and tell this story over and over again to Nicole.

THE KISS

Love is forever strong among the Latin people. Seferino Valdez told me how he met his wife.

THE SPANISH SWORD

If you drink the water of New Mexico, if you feel the sunsets of the Southwest, if you ever loved out in the wide open spaces, then you know this story.

JOSEFITA

The Four Seasons Nursing Home was one of my former places of employment. Working with geriatric patients is very trying. This story was told to me by my patient, Josefita, and her husband, over a period of three months.

THE DOCTOR

Fine, brown wrinkles framed with dark black hair surrounded the piercing black eyes of Emanuel Martínez as he spoke. The lights of Tuba City, Arizona, were far away as we listened. Firelight glowed, making the story truth more powerful.

SAN YSIDRO'S NEIGHBOR

Orlando Romero handed me this story to read at the Historical Library. Orlando is a fine storyteller in his own right. This story was a great gift. Thank you, Orlando.

THE OLD BULLFROG

As a child, I loved to catch frogs for many purposes, mostly for observation. One neighbor we had at San Juan Pueblo told us this story about the bullfrog.

EL DOLOR DEL VIEJO ESPOSO-COTORRA

La señora Tina Cullum vivía en la casa de Randall Davey en Upper Canyon Road. Yo trabajaba como editora del catálogo del museo, y solía llegar temprano y salir tarde con mi hija recién nacida, Nicole Diane. La señora Cullum se sentaba al lado de la cuna de Nicole y le contaba esta historia una y otra vez.

EL BESO

El amor sigue eternamente fuerte entre los hispanos. Seferino Valdez me contó cómo conoció a su esposa.

LA ESPADA ESPAÑOLA

Si has bebido el agua de Nuevo México, si puedes sentir las puestas del sol del suroeste, si has experimentado el amor en el campo, entonces conoces esta historia.

JOSEFITA

Antes trabajaba yo en el asilo Four Seasons. Trabajar con pacientes geriátricos es muy fastidioso. Esta historia de mi paciente, Josefita, me fue relatada por ella y su marido durante un período de tres meses.

EL MEDICO

Las finas arrugas oscuras marcadas por cabello negro acentuaban los penetrantes ojos negros de Emanuel Martínez mientras hablaba. Las luces de Tuba City, Arizona, parecían muy lejos mientras escuchábamos. La luz del fuego brillaba, haciendo aún más poderosa la veracidad del cuento.

EL VECINO DE SAN YSIDRO

Este cuento me fue regalado para leer en la Biblioteca de Historia por Orlando Romero. Orlando mismo es muy buen cuentista. El cuento era un gran regalo. Gracias, Orlando.

EL VIEJO RANA TORO

De niña me encantaba cazar ranas con varias intenciones, la más importante siendo la de observarlas. Un vecino nuestro del pueblo de San Juan nos relató este cuento del rana toro.

THE BLACK MARE

This story was told to a class I attended at Radford School for Young Ladies in El Paso, Texas.

COUNT YOUR BLESSINGS

Tempe, Arizona, is filled with tellers of tall tales. On one particular business trip there, I happened to be drinking a cold lemonade in a café. Two cattle raisers from Wyoming were sitting at the next table, and one of them told this story to his friend about the people in Arizona. I overheard it, and now it is yours to retell.

THE HOODED MASS

This story comes from Abiquiú, New Mexico. It was shared around a campfire, with the coyotes howling in the distance.

SHOEMAKER

This story comes from Alamosa, Colorado. Claude Corlett told this story to us when we were very little. It had quite an impact.

THE KERNEL OF CORN

Crows are universal, and so is this story.

THOSE OF DEATH

Jorobado told me his story, and if he wishes to die and be reborn as the devil, well, he is the storyteller and that is his choice. It is a fine story, and I accept it as such, no more, no less. It holds its own power. D.H. Lawrence wrote, "Believe the story, not the storyteller." Jorobado rode a horse from Colorado Springs to Fort Worth in 1983. His leathered face, crusty laugh, tobacco-chewing stained teeth, and black-gloved hands brought great color to this story.

LA YEGUA NEGRA

Esta historia se contó a una clase a la que asistía yo en la Radford School for Young Ladies en El Paso, Tejas.

TENGANSE POR DICHOSOS

Hay muchos narradores en Tempe, Arizona. Durante un viaje de negocios, me encontré en un café, tomando una limonada. Dos ganaderos de Wyoming estaban sentados en la mesa de al lado, y uno de ellos relató a su amigo esta historia de la gente de Arizona. Alcancé a oírla, y ahora se la ofrezco a ustedes para recontarla.

LA MISA ENCAPUCHADA

Este cuento es de Abiquiú, Nuevo México. Se oyó estando alrededor del fuego con los coyotes aullendo a lo lejos.

EL ZAPATERO

Esta historia es de Alamosa, Colorado. Claude Corlett nos la contó cuando éramos niños. Nos produjo un gran impacto.

EL GRANO DE MAIZ

Los cuervos son universales, y esta historia también.

LOS DE LA MUERTE

Jorobado me relató esta historia, y si él quiere morirse y renacer en el cuerpo del diablo, pues, como él es el cuentista, tiene su prerogativa. Es una historia buena, y yo la acepto como tal, ni más, ni menos, porque tiene su propio poder. Según D.H. Lawrence, hay que creer en la historia y no en el cuentista. Jorobado cabalgó de Colorado Springs a Fort Worth en 1983. Su cara curtida, su risa áspera, sus dientes teñidos por tabaco y sus manos enguantadas de negro agregaron interés a esta historia.

La Cuentista

Marta

Wagon train. We came by wagon train. First we lived in Kentucky, but we couldn't take it—all rolling hills, no mountains like the mountains we left behind in Spain. I need mountains to live. Mountains clothe the spirit and keep the women free from getting crazy with the wind. We came west to Denver. Denver was too rich for us, so we moved to Del Norte. Del Norte, Colorado, was a good little settlement, but the people were too hasty to control everything. We went to Monte Vista. The earth there was too wet at times and then so dry at other times that the fence posts would break from the ground, where they had sunk during the spring. There was no way to control the land. It just did as it pleased. We loaded up the wagon with two oxen and headed south.

I knew my brother was in Dixon, New Mexico. He had more land than he could care for alone. My Marta was leading around four children and had just put one in the oven. We left in mid-June with enough water and food for three families. We passed through Alamosa, Colorado, and were on our way around San Antonio Mountain when the youngest of the four burst into red spots. We pulled him out of the wagon and put him lying down under the buckboard of the wagon. We spent three days crawling across the hot, barren land, with small trees and little water, until we hit the gorge.

The first deep gorge was enough to send me all the way back to Spain. The family had hopes to continue on, and so we did. We had to turn directly east and travel longer than I cared for. If Marta were here, she could tell you how long we went east.

Marta

Convoy de carreta. Llegamos por convoy de carreta. Al principio vivíamos en Kentucky, pero no lo pudimos aguantar—puros cerros ondulados, nada de montañas como las que dejamos atrás en España. Necesito las montañas para vivir. Las montañas revisten el alma e impiden a la mujer enloquecerse del viento. Yendo hacia el oeste, llegamos a Denver. Pero era demasiado opulento para nosotros, de modo que seguimos hasta Del Norte. Del Norte, Colorado, era una pequeña colonia muy buena, pero la gente estaba demasiado apurada para controlarlo todo. De allí, fuimos a Monte Vista. Allí, la tierra a veces estaba demasiado húmeda y, luego, tan seca que los postes de la cerca se salían de la tierra donde se los había hundido durante la primavera. No había manera de controlar la tierra. Hacía lo que quería. Cargamos la carreta y, con dos bueyes, nos dirigimos hacia el sur.

Yo sabía que mi hermano estaba en Dixon, Nuevo México. Tenía más terreno de lo que era capaz de trabajar. Mi Marta cargaba con cuatro hijos, y estaba encinta con otro. Fuimos a mediados de junio con agua y comida como para tres familias. Pasamos por Alamosa, Colorado, rumbo a la montaña San Antonio, cuando de repente el más joven de los cuatro se contagió de sarampión. Le sacamos de la carreta y le pusimos debajo. Pasamos tres días arrastrándonos a través de una árida tierra caliente con pequeños árboles y poca agua hasta llegar al barranco.

El primer barranco profundo que vi me dio ganas de regresar a España. La familia tenía ganas de seguir adelante, y así lo hicimos. Tuvimos que dar una vuelta hacia el este y viajar más lejos de lo que yo quería. Si Marta estuviera aquí ahora podría decir cuánto tiempo viajamos hacia el este.

Finally, we saw smoke fires rising on the side of a mountain. The trees were thicker up there. The hills rolled to the tall mountains. The oxen were worn down, the food all but eaten or rotten. We found a large spread of cattle, and it was all I could do not to shoot one.

We got to a road and followed it to a farm. We stayed there a week. Marta couldn't sit or stand when we arrived, but when we left she was all but dancing. Her eyes sparkled, and she was ready to get on with the ride to Dixon. The kids were better, except the oldest girl. She was covered with sores on her arms and legs. Sun sores were what we called them. We stayed up high on the mountain ridge, which dropped down into a little town on the inside-east corner of New Mexico. We were far from Indian land, and the weather was cold at night. Marta was bigger than a full-term cow when we got to a place called Springer, New Mexico.

Marta cried all night in the wagon as I pushed on for six days to get to Las Vegas, New Mexico. The children screamed and hollered all the time. I felt like I had a wagonload of devils waiting for me to stop so they could devour my soul. The oxen were sweat-covered and head down when we got to the city. I pushed them to the city blacksmith's shop. Ignoring the screams of the kids, I lifted Marta up in these very same arms and carried her to the doctor's place down the street. The children had enough sense to stay with the wagon. Marta gave birth to the most beautiful baby girl I ever saw. She had one blue-brown eye and one eye white as snow. The baby smiled and nursed, staring at my Marta. After a while the baby closed her eyes and went on to the next world. Marta said she was an angel that had come down just to bless us.

We were in Las Vegas for two or three months. Marta cooked and sewed for a merchant store man. I helped the blacksmith with the keeping of the animals. At night we slept in the wagon. It was cold, and we all slept together nice and warm.

My oldest girl turned fourteen when we were there. She was chosen by a rancher to be the wife of his son. The rancher was amazed at how strong she was, even though she got those sun sores on her face. The rancher took Marta's gold bracelet as a dowry, and he gave us a fine yearling mare. We left our daughter there with very little but a ranch and a husband. Marta knew that she would be safe and happy, or she would not have allowed her to stay. We rolled on to Santa Fe, New Mexico.

We got into Santa Fe the day before a blizzard. We stayed at a large church that had nuns. Marta was feeling weak, and our

Por fin, vimos el humo de los fuegos en la falda de una montaña. Allí arriba, el bosque era más denso. Los cerros ondulaban llegando hasta las montañas altas. Los bueyes se habían cansado, la comida o se había terminado o se había deshecho. Nos topamos con un rebaño grande de ganado, y me era difícil no matar uno.

Llegando a un camino, lo seguimos hasta llegar a una finca. Allí nos quedamos una semana. Marta no podía ni sentarse ni pararse cuando llegamos, pero al irnos casi bailaba. Sus ojos brillaban, y estaba lista para continuar a Dixon. Los hijos se habían mejorado salvo la hija mayor, que tenía los brazos y las piernas inflamados. Inflamación del sol es lo que lo llamamos. Nos quedamos en una cresta de una montaña alta la cual se bajaba a un pueblito en un rincón del noroeste de Nuevo México. Estábamos lejos de la tierra de los indios y hacía frío por las noches. Más grande que una vaca, Marta estaba a punto de dar a luz cuando llegamos a un lugar que se llamaba Springer, Nuevo México.

Marta lloraba todas las noches en la carreta mientras seguíamos adelante durante seis días para llegar a Las Vegas, Nuevo México. Los hijos gritaban y chillaban todo el tiempo. Me sentía como si tuviera una carretada de diablos que esperaban una parada para que pudieran devorarme el alma. Los bueyes estaban cubiertos de sudor y tenían las cabezas agachadas cuando llegamos a la ciudad. Pero los obligué a seguir hasta la tienda del herrero. Ignorando los chillidos de los niños, cargaba a Marta en mis brazos y la llevé al médico. Los niños podían quedarse solos en la carreta. Marta dio a luz a una nena más linda que jamás he visto. Tenía un ojo de color azul-marrón y el otro blanco como la nieve. La nena sonría y mientras mamaba, clavaba la vista en mi Marta. Al rato la bebé cerró los ojos y subió al Cielo. Dijo Marta que era un ángel que había bajado solamente para bendecirnos.

Pasamos dos o tres meses en Las Vegas. Marta cocinaba y cosía para un negociante. Yo ayudaba al herrero a cuidar los animales. En las noches dormíamos en la carreta. Hacía frío pero, todos arrimados, dormíamos calientitos.

Allí, mi hija mayor cumplió catorce años. La escogió un ranchero para ser la esposa de su hijo. La fuerza de ella le asombraba al ranchero, a pesar de esa inflamación del sol que se veía en la cara. El ranchero aceptó la pulsera de oro de Marta como dote, y él nos regaló una buena yegua primal. Dejamos allí a nuestra hija con lo poco que tenía: un rancho y un marido. Marta sabía que estaría segura y contenta, pues, de lo contrario, no la hubiera permitido quedarse con él. Continuamos hasta Santa Fe, Nuevo México.

Llegamos a Santa Fe un día poco antes de una tormenta de nieve. Buscamos refugio en una iglesia grande donde vivían unas monjas.

youngest son had cut his hand, now ripe with yellow-green pus. I left them in Santa Fe when the weather cleared and rode the horse to Española, then up through three Indian settlements to Dixon with no trouble. We made it in a day and a half up through the canyon. My brother had died in the snowstorm. He was riding in when the blizzard hit. His wife was due any minute to have a baby, and his only other child was as blind as a rock. I found some neighbors, but they wouldn't help. They said my brother was a selfish man and deserved what he got.

I put the woman, the blind boy, and the dog in my brother's wagon and drove them south. Marta would know what to do.

I remember turning to look at the land—my brother's land—as we started down into the canyon. I saw a blaze of fire. They had burned his house as soon as we had moved off the land. The dog stood on the seat and barked. I told him to quiet down. It wouldn't help anyone to know.

I got the woman and the boy to the Española main road. The woman started howling. Horses galloped down from the side of an escarpment. Indians were following us hollering and bellowing. The blind boy started screaming and throwing boxes around. Before I could stop the plow horses and stop him, he had hit his mother hard in the head with a big square box. She was quiet. I drove on, waving at the Indians until they left us alone on the road.

I drove on for a day and a half, and we made it to a Spanish farmhouse. They let us in, the boy and I, for the woman was now dead. The dog had run off at some point—I don't remember when. We left the next morning, paying with some furs that had been in the back of my brother's wagon. We got to Santa Fe by nightfall. Marta was pleased to see us. The blind boy was taken in by the nuns. The dead woman was taken care of by somebody. I gave the church the wagon but kept one horse. Marta, Carlos (my son), and I left for my brother's land in May. We arrived to find the few cows gone and the remains of the charred house. The first thing Carlos and I did was to make a house of two rooms out of mud brick.

Nobody could burn that down. Marta spent days baking outside and going from neighbor to neighbor, giving them bread and a smile. She helped one neighbor with housework, and another lady she helped make goat's cheese. By the end of June we had men coming to help us build, harrow, and plant our cornfield. We barely had one crop by

Marta se sentía débil, y nuestro hijo menor se había cortado la mano de la que ya manaba pus amarillento-verdoso. Cuando se mejoró el tiempo, los dejé en Santa Fe y, sin problema alguno, fui a caballo por Española, pasando por tres pueblos indígenas hasta llegar a Dixon. Atravesamos el cañón en un día y medio. Mi hermano se había muerto durante la tormenta de nieve. Volvía a caballo cuando estalló la tormenta. Su mujer estaba a punto de dar a luz, y el otro hijo suyo era ciego como una piedra. Me encontré con unos vecinos pero no querían ayudarnos. Dijeron que mi hermano era muy egoísta y que mereció lo dado.

Cargué la carreta con la mujer, el muchacho ciego y el perro, y los llevé hacia el sur. Marta sabría qué hacer.

Cuando empezamos a bajar al cañón me acuerdo de haberme volteado para mirar la tierra—la tierra de mi hermano. De repente, vi un incendio. Apenas abandonamos su terreno habían quemado su casa. El perro se paró en la silla y ladró. Le dije que se callara. Era mejor no llamar la atención.

Pude llevar a la mujer y al muchacho hasta la carretera a Española. La mujer se puso a dar alaridos. Desde la falda de una escarpa, bajaban caballos a galope. Eran unos indígenas que nos seguían, chillando y gritando. El muchacho ciego se puso a gritar y tirar cajas por todos lados. Antes de poder yo frenar los caballos y hacerle callar, ya le había golpeado fuertemente la cabeza de su madre con una caja grande y cuadrada. Ella se calló. Yo seguía arreando y tratando de alejar a los indios con un ademán de la mano hasta que nos abandonaron en el camino.

Continuamos durante un día y medio, y llegamos a una casa de un español. Nos dejaron al muchacho y yo entrar, porque la mujer ya se había muerto. El perro se había huido, no me acuerdo cuándo. Nos fuimos por la mañana, dando como pago unos pieles que estaban en el fondo de la carreta de mi hermano. Llegamos a Santa Fe al anochecer. Marta estaba feliz de vernos. Las monjas se encargaron del muchacho ciego. Alguien se encargó de la mujer difunta. Regalé la carreta a la iglesia, pero me quedé con un caballo. En mayo, Marta, Carlos (mi hijo) y yo agarramos camino al terreno de mi hermano. Llegamos para encontrar que las pocas vacas se habían ido y la casa quemada estaba en ruinas. La primera cosa que Carlos y yo hicimos fue construir una casa de adobe de dos salas.

Nadie podía arrasar esa casa con fuego. Marta pasaba el día hornando afuera y andando de vecino a vecino, regalándoles su pan y una sonrisa. Ayudó a una vecina con su trabajo en casa, y ayudó a otra a hacer queso de cabra. A fines de junio llegaban hombres para ayudarnos a preparar y sembrar nuestro maizal. Apenas sacamos la

September when the snow came. Marta had brought in plenty of food with her odd jobs, and we had chickens and a milking cow. Carlos made Marta a loom, and I went door-to-door selling wood that we had gotten from clearing the land. We lived there for twenty-three years and had two more girls. None of them lived past the age of five years. Marta said that they were just angels checking up on us.

Carlos lives in Santa Fe now. He is an old man. His son is a legal person. Marta died twelve years ago. I miss her more than I miss breathing, but I know she's up there with those angels of hers. I'm only here in Chimayó now to visit with an old friend. He listens to my stories, and he doesn't complain if I fall asleep when he's talking. I started out in Kentucky, but I told you that already, didn't I?

primera cosecha en septiembre cuando empezó a nevar. Marta había adquirido bastante comida de sus trabajos ocasionales, y teníamos pollos y una vaca lechera. Carlos hizo un telar para Marta, y yo vendía de puerta en puerta la leña que sacamos al despejar el terreno. Vivimos allí veintitrés años y tuvimos dos hijas más. Ninguna vivió más de los cinco años. Decía Marta que eran solamente ángeles venidos para vigilarnos.

Carlos vive en Santa Fe ahora. Es anciano. Su hijo es abogado. Marta murió hace doce años. La extraño más que si extrañara a respirar, pero sé que está allí arriba con sus ángeles. Estoy solo en Chimayó; vine para visitar a un amigo viejo que escucha mis historias. El no se queja si me duermo mientras habla él. Todo empezó en Kentucky, pero ya dije eso, ¿verdad?

Water Sleeps

Water sleeps sometimes. It makes no noise. It is quiet at times, then noisy during the day. If an animal drinks water that is sleeping, the animal will die. That is why before an animal drinks water at night, it blows on it to awaken the water and keep it healthy. Let no one say in this world, "Of water I won't drink," for no matter how muddy the water looks, once it is awake it will bring you life and quench your thirst.

El agua duerme

A veces el agua duerme. No hace ruido. Se tranquiliza por ratos, luego hace ruido durante el día. Si un animal bebe del agua que duerme, el animal morirá. Es por eso que el animal, antes de beber agua en la noche, sopla el agua para despertarla y mantenerla sana. Que nadie diga en este mundo: —De esta agua no beberé—. Por revuelta que la vea le puede apretar la sed.

Clowns

"All right, you clowns, stand up straight. This ain't the local hang-out!" The sergeant snapped his crop against his black leather boot. "Stand up straight!" The sergeant passed the third line walking to the first. Two men in the back line let out a sigh.

"Whew, do you think that we made it?"

The tall, six-foot, dark Indian man shook his head. "Who knows?"

The shorter, stockier Spanish man wiped his brow. "You know, the funny thing is that I am a clown, that is, for the dances at fiestas." The tall Indian man let his back sag and his shoulders roll. "Yeah, I was a clown for the Christmas dances at the pueblo. It is an honor to be a clown."

The Spanish man chuckled. "I wonder what kind of clown he was referring to? You think he means the ones in the circus or the ones who chase away the bad spirits where we come from?" The Indian smiled.

A snapping noise brought them to attention. "I mean the kind of clowns that hang out in bars and louse up everyone's life. That's what kind of clowns I mean!!" The voice resounded behind them.

The sergeant walked in front of the two men who were recovering their stance. "Let me see your papers, clowns."

The tall Indian man handed over his papers to the sergeant first, only because he was standing the closest. The sergeant studied each

Los payasos

—Bueno, payasos, enderézense. ¡Esto no es un burdel!—Estalló el látigo mocho contra la bota de cuero negro del sargento.

—¡Enderézense!

El sargento pasó por la tercera fila al ir a la primera. Dos hombres que estaban en la fila de atrás suspiraron:

—¡Uf! ¿Crees que nos dejarán?

El alto indio prieto, que medía casi dos metros, cabeceó:

—¿Quién sabe?

El español más bajo y chaparreado se enjugó la frente.

—¿Sabes? Lo chistozo es que, sí soy un payaso, digo, cuando bailo en una fiesta.

El indio alto se aflojó la espalda y los hombros.

—Sí, yo me hice payaso para los bailes de Navidad del pueblo. Es un honor ser payaso.

El español se rio entre dientes.

—¿A qué clase de payaso se refirió? ¿Crees que habla de los del circo o de los que ahuyentan a los espíritus malos donde vivimos?

El indio sonrió.

Un latigazo les hizo cuadrarse.

—Hablo de los payasos que frecuentan las cantinas y estropean la vida de todos. ¡Esa es la clase de payaso a que me refiero!—La voz reverberó detrás de los hombres.

El sargento pasó por delante de los dos hombres que estaban recuperando su postura.

—Déjenme ver sus papeles, payasos.

El indio alto le entregó sus papeles al sargento primero, simplemente porque estaba más cerca. El sargento examinó cuidadosamente

line of each paper carefully. He turned to the second page, then hand-ed the papers back to the Indian man. "Take these to the front office. I don't think we take Indians." The Indian man took his papers back and turned to the Spanish man. They exchanged glances. The Indian man walked to the side of the line of men and waited. The sergeant looked at the Spanish man's papers. He once again studied each line. "Where you from?"

The Spanish man held his chest high. "New Mexico, sir!" The sergeant scratched his head. "What the hell . . . we don't take no for-eigners. This here is the United States Army. What the hell are you doing here, man? Go to the front office."

The Indian man broke into a smile. The Spanish man met him at the front office. "Well, guess they don't take clowns, huh?"

"We'll see." The two men walked into the stark white wooden building. Men in uniform pecked at large black typewriters. The Indian man stood behind the Spanish man, who was grinning from ear to ear. The Spanish man waited awhile. No one came to the high desk where he stood. He pushed back his cowboy hat, half turned to the Indian man, and said in a loud voice, "Can you imagine that? The sergeant just about called me a traitor. He said that New Mexico isn't a part of the United States."

A very thin man immediately stood up, pushing his way through the air to the front desk. He whispered under his breath, "Can I help you?"

"Yes, the sergeant told me to come in here because New Mexico is not in the United States."

"Sir, what do you mean?

The Spanish man let his grin widen. "Is the state of New Mexico part of the United States?"

The young man studied the black desktop. "Excuse me, I will be right back with your answer." The young man walked to the back office, which had a large, ominous gray door blocking the path. The young man knocked gently on the door. It opened. The man went inside, and the door closed.

"If New Mexico is not in the United States, we are both in trouble. I am from Santa Clara Pueblo."

"You are? Well, hey, I am from Dixon. Do you know where Dixon is?"

The Indian nodded and smiled with his eyes.

A big man with more uniform and more body under it came rush-ing out of the gray-door office. He threw his shoulders back when he approached the desk. "New Mexico has not seceded from the union, has it?"

cada línea de cada hoja. Al pasar a la segunda página, le devolvió los papeles al indio.

—Llévelos a la oficina principal. Creo que no se admite a los indios.

El indio recibió sus papeles y miró al español. Los dos se miraron. El indio salió de la cola de hombres y esperó. El sargento repasó los papeles del español. Otra vez examinó cada línea y preguntó: —¿De dónde eres?

El español sacó su pecho: —¡Nuevo México, señor!

El sargento se rascó la cabeza: —¡Qué demonios! No aceptamos a extranjeros. Este es el Ejército de los Estados Unidos. ¿Hombre, qué demonios haces aquí? Vete a la oficina principal.

El indio sonrió. El español le encontró en la oficina principal.

—Bueno, parece que no aceptan a los payasos, ¿verdad?

—Vamos a ver—. Los dos hombres entraron en el edificio de madera blanca. Varios hombres vestidos de uniforme picoteaban a grandes y negras máquinas de escribir. El español, que sonreía ampliamente, estaba delante. Esperó un rato. Nadie se acercó al escritorio alto donde estaba parado. Empujo hacia atrás el sombrero de vaquero, dio media vuelta hacia el indio, y dijo en voz alta:

—Imagínate. El sargento casi me llamó un traidor. Dijo que Nuevo México no pertenece a los Estados Unidos.

Un hombre flaco se levantó inmediatamente, arrastrándose hacia el escritorio de enfrente. Cuchicheó entre dientes:

—¿Le puedo ayudar?

—Sí, el sargento me dijo que viniera acá porque Nuevo México no pertenece a los Estados Unidos.

—Señor, no entiendo.

El español dejó que su sonrisa se ampliara: —¿Pertenece el estado de Nuevo México a los Estados Unidos?

El joven examinaba la superficie del escritorio negro.

—Perdón, vuelvo en seguida con la respuesta.

El joven fue a la oficina de atrás, cuya grande y ominosa puerta gris le obstaculizaba el camino. El joven tocó ligeramente la puerta. Se abrió. El hombre entró y cerró la puerta.

—Si Nuevo México no está en los Estados Unidos, los dos tenemos un problema. Yo soy del pueblo de Santa Clara.

—¿Sí? Bueno, pues, yo soy de Dixon. ¿Sabes dónde está?

El indio cabeceó y sonrió con los ojos.

Un hombre grande, cuyo uniforme grande cubría un cuerpo aún más grande, salió de prisa de la oficina de la puerta gris. Desafiante, se acercó al escritorio:

—Nuevo México no se ha separado de la Union, ¿verdad?

The Spanish man and the Indian both shook their heads. The big man asked again, "Has it?"

The Spanish man now spoke solemnly without his grin. "No, sir, it has not, at least not to my knowledge. We were told to come in here by the sergeant outside. He told us to bring our papers."

The Spanish man put his papers on the desk. The Indian man did the same.

The big man took the papers and asked them both to come into his office. They followed him through the gray door. The room inside was stark: the desk was green metal, the windows had no curtains, the walls were cold white. They each stood behind the metal, straight-backed chairs that sat in front of the desk.

"You want to join the army, huh?"

The two men nodded. The big man sat down in an easy chair, at least it appeared easy compared to the other metal chairs. It was a brown wooden chair that had rungs on the back and a pillow on the seat.

The big man examined the papers. As he read them, he put each paper upside down on his desk, never putting one paper on top of another.

"These papers seem to be in order. You both have gone to a great deal of trouble to get into the army. Have either of you had a family member in the army?"

The Spanish man looked at his hands, and the Indian's face turned red.

"Have you had a brother or a sister in the army, or a father?"

The Spanish man let a grin slip across his face. "No." Then a thought straightened his back. "No, sir!"

The Indian man shook his head.

"If you do join the army, you need to speak when spoken to." The big man stood up and faced the Indian man. The Indian man responded, "No, sir!"

The big man pushed all the papers together, mixing them up in a big pile. He handed all of them to the Indian man. "Here, take this back to your sergeant. I will call him in this afternoon and have a discussion with him when you're having free time."

They started out of the room, when the Indian man turned. "Sir, it is not right that your sergeant called us clowns. We are clowns, but it is an honor to be a clown, not something to be ashamed of."

The big man studied the Indian man's face. The square jaw and the severe brown eyes told him that this Indian man was in earnest. "I will discuss that with your sergeant, but it isn't meant to be taken seriously." The Indian man turned to leave. "Wait, don't you think you should say something?"

18

El español y el indio cabecearon. El hombre grande preguntó de nuevo:

—¿Verdad?

El español ya habló solemnemente, sin sonreír:

—No, señor, es cierto, al menos según sepa yo. Nos dijo el sargento que está afuera que entráramos. Nos mandó traer nuestros papeles.

El español dejó sus papeles en el escritorio. El indio hizo lo mismo.

El hombre grande tomó los papeles y les invitó a entrar en su oficina. Le siguieron por la puerta gris. Adentro, daba un aspecto severo: el escritorio era de un metal verde, faltaban cortinas, y las paredes eran de un blanco frío. Se pararon los dos detrás de las sillas metálicas de respaldo recto que estaban frente del escritorio.

—Quieren alistarse en el ejército, ¿es eso?

Los dos hombres cabecearon que sí. El hombre grande se sentó en un sillón, por lo menos parecía que era un sillón comparado con las otras sillas de metal. Era una silla de madera marrón que tenía peldaños en el respaldo y una almohada en el asiento.

El hombre grande examinaba los papeles. Mientras iba leyendo volteaba cada hoja en el escritorio, no colocaba una encima de la otra.

—Parece que estos papeles están en orden. A los dos les ha costado bastante trabajo el querer alistarse en el ejército. ¿Tuvieron algún pariente en el ejército?

El español miraba las manos, y la cara del indio se enrojeció.

—¿Han tenido un hermano o una hermana en el ejército, o un padre?

El español dejó que una sonrisa le llenara su cara: —No—. Pero entonces un pensamiento le hizo enderezar la espalda: —¡No, señor!

El indio negó también.

—Si se alistan en el ejército, hay que responder cuando les habla—. El hombre grande se levantó e hizo frente al indio.

El indio respondió: —¡No, señor!

El hombre grande recogió los papeles y los mezcló, formando una pila. Luego, los entregó todos al indio.

—Tenga, y devuélvalos al sargento. Yo le hablaré esta tarde mientras ustedes tengan su tiempo libre.

Se dispusieron a salir del cuarto cuando el indio se volteó:

—Señor, no es justo que el sargento nos llame payasos. Sí somos payasos, pero es un honor ser payaso, no es nada vergonzoso.

El hombre grande estudió la cara del indio. La mandíbula recta y los severos ojos marrones le informaron que el indio era sincero.

—Hablaré con el sargento, pero no debe tomarlo en serio—. El indio hizo para irse.

—Espera. ¿No cree usted que debe decirme algo?

"Yes, sir. Thank you, sir."

The Indian man lengthened his gait and caught up with the Spanish man at the front doorsteps.

They walked back to the group that had arrived that morning. The sergeant was not too happy to see their faces again. He called "Halt!" and asked them to advance. They handed him the big wad of papers.

"Well, so now you're back, huh? Okay, get your asses in line, and I don't want any more discussion. Is that understood?" They nodded. He waited, then they said in unison, "Yes, sir!"

They both were smiling as they assumed their old place in line. They had been accepted to become real American soldiers in the United States Army of clowns.

—Sí, señor. Gracias, señor.

El indio alargó su paso y alcanzó al español en la entrada.

Regresaron al grupo que había llegado por la mañana. El sargento no estaba contento de verlos de nuevo: —¡Alto!—gritó. Les dijo que avanzara. Le entregaron el fajo de papeles.

—Bueno, ya han regresado, ¿eh? Está bien, culos a la cola, y dejen de hablar. ¿Entendido?— Cabecearon. Esperaban, y dijeron al unísono:

—Sí, señor.

Los dos se sonreían mientras tomaron su lugar en la cola. Ya iban a ser soldados americanos de verdad en el Ejército de los Estados Unidos de Payasos.

The Man with Worms

Once there was a man who lived on the Rio Grande. He was very rich and very ugly at the same time. He owed a woman ten dollars for doing his laundry. The washerwoman was a witch, a woman wise in the knowledge of magic. She asked him to pay her, but he laughed at her, telling her to get out of his house, that she would not get paid. He would pay her only if she drowned herself.

The washerwoman put a spell on this rich, ugly man that filled him full with worms. But the man had much money and called on the *curandera* María Antonia, and she arrived just in time. She took his money and ridded his gut of thirteen worms with green heads and white bodies. María Antonia paid the washerwoman the ten dollars from her money and left seven worms in the rich, ugly man's body.

I will tell you that against death there is no human resistance, there is no power, there is no excellence, and there is no house that is that strong!

El hombre con gusanos

Una vez había un hombre que vivía a la orilla del Río Grande. Era muy rico y muy feo también. Debía diez dólares a una mujer que le había lavado su ropa. La lavandera era una bruja, una mujer muy sabia en cuanto a lo mágico. Le pidió al hombre que le pagara, pero él se rio de ella, botándole de su casa porque no quería pagarle. Dijo que le pagaría solamente si ella se atreviera a ahogarse.

La lavandera le hechizó al hombre rico y feo, llenándole de gusanos. Pero como el hombre tenía mucho dinero, mandó traer a María Antonia, la curandera, quien llegó en el momento crítico. Aceptó el dinero y se le quitó de la barriga trece gusanos con cabezas verdes y cuerpos blancos. Después, María Antonio le dio diez dólares a la lavandera de su propio dinero, pero había dejado siete gusanos en el cuerpo del hombre rico y feo.

¡Les digo que contra la muerte no hay resistencia humana, ni poder, ni excelencia, ni casa tan fuerte!

Rain Clouds

The sun rose one morning on a dry and drought-filled land.
The land near La Bajada was brown with death.
The trees had fallen from lack of rain.
The grass had turned crisp and blown away in the warm winds.
The fish in the river had become crusted fossils in the baked sand.
There was little left alive in this place.
A mother frog dragged her little frogs from a crumbling bush.
She needed water for her babies or they would die.
She hopped slowly away.
Somewhere she would find water.
She would find water.
She knew that she had the power to keep her babies alive.
She hopped to where the forest had once been.
There was only a dry red winter sun.
No clouds at all were in sight.
This mother frog lifted the hope from her being into a song.
"Rain clouds, I am so small,
You may not hear me, rain clouds, rain clouds,
Please send rain, or we may die!"
She sang over and over and over again.
Living nearby was a mother grasshopper.
This mother grasshopper had twenty-three babies.
They were not well at all.
Three of them had not moved for days.
There were five of them who could no longer stand.
Mother grasshopper carefully hopped to the sound of the song.

Nubarrones

Subió el sol un día sobre la tierra reseca y marchita.
La tierra de La Bajada tenía el color parduzco de la muerte.
Los árboles se habían caído por falta de lluvia.
La pasta se había secado y fue llevado por los vientos cálidos.
Los peces en el río se habían convertido en fósiles incrustados
    en la arena.
Poco vivía ya en este lugar.
Una rana madre arrastró a sus ranitas de un arbusto desmenuzable.
Necesitaba agua para sus hijitos o se morirían.
Se fue brincando lentamente.
Encontraría agua en algún lugar.
Sí, la encontraría.
Sabía que tenía el poder de mantener vivos a sus críos.
Saltó al lugar donde antes existía el bosque.
Ahora había sólo un sol invernal, seco y rojo.
No se veía ninguna nube.
Esta rana madre convirtió en canción la esperanza que sentía.
—Nubarrones, soy tan chica,
Quizás no me oyen, nubarrones, nubarrones,
Envíanme la lluvia, por favor, porque si no, ¡nos moriremos!
La cantaba una y otra vez.
Una saltamontes madre vivía cerca.
Esta saltamontes tenía veintitrés críos.
Ellos no se sentían nada bien.
Tres de ellos habían quedado paralizados durante días.
Cinco de ellos ya no se podían parar.
La madre saltaba cuidadosamente al ritmo de la canción.

There on a rock sat a thin, scaly frog.
The frog was singing to the hot sky.
Mother grasshopper hopped closer.
The mother frog stopped her song and turned to the mother
    grasshopper,
"Do you know a song?"
The mother grasshopper shook her head, "No."
The mother grasshopper asked the mother frog,
"Are you afraid of dying?"
The mother frog shook her head, "No, I don't want my babies to
    die. They need a chance to live."
Mother grasshopper looked down at the dirt.
Mother frog asked mother grasshopper,
"Would you like to learn my song and we can sing it together?"
The mother grasshopper was most pleased to learn a song of
    hope. "Yes."
Then mother grasshopper hopped up on the rock with mother frog.
The two of them lifted their heads to the sky and sang,
"Rain clouds, we are so small,
You may not hear us, rain clouds, rain clouds,
Please send rain, or we may die!"
The two voices lifted on the wind.
The wind carried the two hope-filled voices over the mountain.
The clouds that were resting there listened to the song.
The clouds hurried to the mothers who sang with all of their spirit.
The clouds gathered and let the waters of life fall upon this land.
Mother frog and mother grasshopper let the rain fall upon them.
They sang.
The frog babies rolled in the muddy water.
The grasshopper babies drank the rain as it fell.
Life came back into the land.
Thank you, mother frog.
Thank you, mother grasshopper.
Thank you for your song.

Allí en una piedra se sentaba una rana flaca y escamosa.
La rana cantaba al cielo caliente.
La saltamontes se acercó.
La rana dejó de cantar y dijo a la saltamontes:
　　—¿Conoce usted una canción?
La saltamontes cabeceó y dijo que no.
La saltamontes madre preguntó a la rana madre:
　　—¿Tiene usted miedo de morir?
La rana madre cabeceó: —No, no quiero que se mueran mis niños.
　　Deben tener la oportunidad de vivir.
La saltamontes madre miró hacia el suelo.
La rana madre preguntó a la saltamontes madre:
—¿Quiere usted aprender mi canción para cantarla juntas?
A la saltamontes le gustaba aprender una canción de esperanza.
—Sí.
La saltamontes saltó a la piedra donde estaba la rana.
Las dos levantaron las cabezas hacia el cielo y cantaron:
—Nubarrones, somos tan chiquitas,
Quizás no nos oyen, nubarrones, nubarrones.
Envíannos la lluvia, por favor, porque si no, ¿nos moriremos!
Las dos voces fueron llevadas por el viento.
El viento llevó las dos voces llenas de esperanza sobre la montaña.
Las nubes que allí descansaban escucharon la canción.
Las nubes se apuraron a encontrarse con las madres que cantaban
　　con todo el alma.
Las nubes se acumularon y dejaron caer las aguas de la vida sobre
　　esta tierra.
La rana madre y la saltamontes madre dejaron caer la lluvia sobre
　　sí mismas.
Cantaban.
Las ranitas rodaban en el agua turbia.
Los saltamontitos bebieron la lluvia que caía. La vida volvió a la
　　tierra.
Gracias, rana madre.
Gracias, saltamontes madre.
Gracias por su canción.

Stranger's Gift

The wind blew hard as the snow fell against the chinked house near San Antonio Mountain, on the border between New Mexico and Colorado. The señora put two more stones into the boiling pot of water that heated over the fire in the fireplace. Stone soup for dinner—again. All she knew how to fix from nothing was stone soup. The señora was tired of stone soup. She was tired of her husband coming home late from his hard work in the town. She was tired of carrying around her crying children. She was tired.

There came a sound of horses outside. She stood up, and with her body weary, she went to the door. Her husband was coming down the road. He was whistling and smiling to the driver of a wagon. Her husband called out to the stranger, "Have a good evening!"

The two men shook hands and spoke. He waved to his weary wife, and she closed the door.

She went to the fire, picked up another hearthstone, and put it in the boiling pot. She knew they would have company for dinner. She set another place at the table.

Her oldest child started to whimper, and the baby started to cry. She moved her weary bones to the other side of the room and picked up the baby. The older one she settled in her lap as she sat in the broken rocking chair.

The thin door opened and in walked her husband and the stranger. The stranger was old, withered, but had a youthful face. She put the baby down and pushed her oldest in front of her to greet the stranger. The stranger nodded to the oldest child, bowed his head in respect to the señora, and sat down in the only straight-backed chair in their

El regalo del extranjero

Soplaba el viento con furia y la nieve daba fuerte contra la casa agrietada en la montaña de San Antonio, ubicada entre Nuevo México y Colorado. La señora agregó dos piedras más a la olla de agua que se calentaba en la chimenea. Otra vez sopa de piedra para la comida. Sin otra comida, lo único que sabía preparar era sopa de piedra. La señora estaba harta de sopa de piedra; estaba harta de ver a su marido llegar tan tarde du su árduo trabajo en el pueblo; estaba harta de llevar de un lado a otro a sus hijos llorones. Estaba harta.

Oyó la llegada de unos caballos. Fatigada, se paró y fue a la puerta. Su marido, que venía por el camino, silbaba y sonreía a un hombre que pasaba en un carro. El marido le saludó al extranjero:

—¡Que tenga buenas noches!

Cada uno se estrechó la mano y hablaron. El marido hizo señales de saludar a su mujer; ella, cansada, cerró la puerta.

Se acercó al fuego, agarró otra piedra y la agregó a la olla hirviente. Sabía que habría un invitado para compartir la comida. Puso la mesa para una persona más.

El hijo más grande empezó a gimotear, y el bebé empezó a llorar. Arrastró sus huesos cansados al otro lado del cuarto y levantó al bebé. El mayor se subió a su regazo mientras ella se sentaba en la mecedora quebrada.

Se abrió la débil puerta y entraron su marido y el extranjero. Era viejo, arrugado, pero tenía una cara de joven. La señora soltó al bebé y empujó al más grande a que saludara al extranjero. El extranjero saludó al chico, inclinó la cabeza en deferencia a la señora y se sentó en la única silla de respaldo recto en esa casa de una sola pieza. La

one-room home. The woman said nothing, but took another cracked wooden bowl from the dusty mud shelf and placed it near the fire to warm.

The husband hummed a fine song. He was happy, for a guest was good luck.

The stranger sat and waited for the stone soup. He ate it carefully. Each spoonful was tasted as a delicacy, and each swallow was done slowly.

"Señora, this is truly the finest stone soup I have ever had. Thank you for inviting me in."

The señora smiled. Her husband finished quickly and asked if he could bring the horses out of the winter snow. There was a dry place under the leaning front portal that was not much, but would keep the snow off the horses' backs.

The stranger and the husband went outside. The señora stood up and cleared the table. The stone soup had done her some good, too. She was less tired, less weary, and some of her husband's song stuck in her mind. The two men returned, covered with snow. They were laughing and slapping each other on the back to get off the loose snow.

The señora took down some old clothes from the high mud shelf and shook them out. She laid them down near to the fire and asked the stranger to take their bed. They would sleep on the floor. The stranger refused and insisted on sleeping on the floor. The husband laughed and took his señora to their bed just inches away from where the stranger lay sleeping.

The señora woke early and fixed the stranger some warm, stale bread wrapped in a clean rag. The stranger thanked the señora. "Thank you for your generosity."

He went out to hitch his wagon to the horses. The husband woke and hurried out the door to help the stranger.

The señora sang as she woke the children. She danced with the baby, she laughed at her oldest child's funny stories, and she let the weariness fall from her body.

The husband hurried back inside. He closed the door. His eyes were filled with wonder. "He is gone. There are no tracks. He is gone without a trace. There is wood under the portal where the horses were, and there is more, there is much more."

The señora pulled a torn quilt around her shoulders and followed her husband outside. There, under the portal, were wooden boxes of food, wooden boxes of clothes, and a beautiful music box!

señora no dijo nada, pero tomó otro tazón roto de madera del polvoroso anaquel de barro y lo colocó cerca del fuego para calentarlo.

El marido tarareaba una canción bonita. Estaba contento, porque un invitado significaba buena suerte.

El extranjero quedó sentado y esperaba la sopa de piedra. La tomaba meticulosamente, saboreando cada cucharada como si fuera una golosina, y tragaba lentamente:

—Señora, de verdad, esta es la mejor sopa de piedra que he tomado. Gracias por invitarme.

La señora sonrió. Su marido acabó la suya rápidamente y preguntó si convenía sacar los caballos de la intemperie. Había un lugar seco debajo del portal ladeante. No se cerraba, pero podía proteger los caballos de la nieve.

El extranjero y el marido salieron. La señora se levantó y guardó las cosas de la mesa. La sopa de piedra le había aliviado a ella también. Se sentía menos cansada, menos fatigada, y algo de la canción de su marido se le quedó en la mente. Los dos hombres regresaron, cubiertos de nieve. Se reían y se dieron palmadas en la espalda para quitarse la nieve.

La señora bajó ropa vieja del alto anaquel de barro, la sacudió y la puso al lado del fuego. Le rogó al extranjero que tomara su cama. Ella y su marido dormirían en el suelo. El extranjero negó, e insistió en dormir en el suelo. El marido se rio y llevó a su señora a la cama que quedaba al lado del lugar donde dormía el extranjero.

La señora se despertó temprano y le preparó al extranjero un trozo caliente de pan viejo envuelto en un trapo limpio. El extranjero le agradeció a la señora:

—Gracias por su generosidad.

Salió para atar los caballos a su carro. El marido se despertó y salió de prisa para ayudar al extranjero.

La señora cantaba mientras despertaba a los niños, bailaba con el bebé, se reía de los cuentos chistosos que contaba el mayor y dejaba que el cansancio abandonara su cuerpo.

El marido volvió y cerró la puerta. Los ojos se llenaron de asombro:

—Se fue sin dejar huellas. No hay rastro alguno. Hay leña bajo el portal donde estaban los caballos, y hay más, mucho más.

La señora se cubrió con una colcha haraposa y siguió a su marido afuera. ¡Allí, debajo del portal, estaban cajas de madera que contenían comida, ropa y una caja de música!

Cliff Children

High up in the mountains of the Sangre de Cristos is a small, humble village of intense beauty. It is now inhabited by Spaniards; however, it was founded by Tewa Indians and called Tsimayo, or the good flaking stone. This is important to remember, for the cave of the flaking stone was on the side of a mountain. It was believed that the Indian people could get to it either by tunnels or through the opening. Don Diego de Vargas took over this settlement in 1695. The Indian people did not fight. They were compliant.

One cold morning the priest of the Santuario de Chimayó de Nuestro Señor de Esquípulas went out to ring the church bell to call the people to early-morning Mass. This church was most respected and sacred, for it held the holy dirt that could heal any ailment on any person. People would come especially for this sacred Mass.

The priest was preoccupied with his duties of this Sunday as he shivered in the cold snow and pulled on the rope. "The sun should be coming up to warm the earth soon," he thought as he turned to study the eastern horizon.

As the bell rang out across the valley, children appeared high up on a ridge. The children were coming out of the cave that was high, high on the escarpment of the mountain. The priest was entranced at the sight of these children and proceeded to ring the bell over and over again. The people hurried because the bell was ringing more than usual.

The priest began to say his Hail Marys as the small ridge high, high on the mountain became more and more crowded with children. An elder of the village came to the priest and asked why he persisted in

Los niños del barranco

En lo alto de las montañas Sangre de Cristo hay un pueblito humilde de una hermosura intensa. Ahora viven allí españoles, pero fue fundado por los indios Tewa con el nombre de Tsimayo, o sea, la piedra de buena chispa. Es importante recordar eso, porque la cueva de la piedra de chispa estaba en la falda de esa montaña. Se creía que los indios podían llegar por túneles o por una apertura. Don Diego de Vargas se encargó de esta colonia en 1695. Los indios no se opusieron. Estaban sumisos.

Una mañana de mucho frío, el cura del Santuario de Chimayó de Nuestro Señor de Esquípulas salió a tocar la campana de la iglesia para llamar a la gente a la misa de la madrugada. Se respetaba esta iglesia sagrada, porque allí se guardaba la tierra santa que podía curar a cualquier persona o enfermedad. La gente llegaba específicamente para esta misa sagrada.

El cura se ocupaba de sus tareas domingueras mientras temblaba en la nieve fría, tirando la cuerda.

—Pronto saldrá el sol para calentar la tierra— pensaba al voltearse para examinar el cielo hacia el este.

Al sonar la campana a través del valle, aparecieron unos niños en lo alto de una cresta. Los niños salían de una cueva que estaba en lo alto de un barranco de la montaña. Le fascinaba al cura ver a estos niños; seguía tocando la campana. Le gente se dio prisa porque tocaba la campana más de lo normal.

El cura comenzó a recitar las avemarías mientras la pequeña cresta arriba en la montaña se llenaba de más niños. Un viejo del pueblo se acercó al cura y le preguntó por qué insistía en seguir tocando la cam-

ringing the bell. The priest stopped and pointed to the escarpment high, high on the mountain. The people stared in disbelief.

At least fifty children stood tall, naked, and exposed up on the ridge.

A farmer called to the men, "Come, let us get those children down from there. It is dangerous up there. They could fall. We must hurry!!"

The men followed the farmer across the frozen stream to the foothills. The foothills were only short, small hills, more perhaps like mounds. Then the struggle ensued.

The sheer cliff escarpment was icy cold from the dew and the strong, cold December wind. The men could not climb up the cliff.

They went back into the church. The priest had gathered all the rope he could find from the shed. The men decided that they would get on their horses and ride to the top of the mountain, rappel down, and one by one carry the children to the bottom. The women went home and started baking food. The priest built up a large bonfire in front of the church. This was to warm the children when they came down and warm him while he watched.

The men rode swiftly to the top of the mountain. They tied the rope to a strong piñon tree and slowly, one by one, rappelled down the mountain. The rope cut against the rocks. The first man made it down with two children. One child he had on his back, the other he carried under one arm. The children were dark brown, had long black hair, held large black feathers three feet long, and were completely speechless.

Women met the children and the man at the base of the mountain. They wrapped the children in blankets and carried them to the priest by the fire. There the women had hot soup for the children. The children were not hungry.

The next man lowered himself down. As he moved down the rope, he felt it jerk as it began to break. He shimmied up the rope quickly and pulled a young girl of about nine on his back, tucked a small toddler of two under his arm, and ever so slowly eased down the rope. About ten feet from the base of the mountain, the rope cut through, and they fell into the arms of the women holding blankets. They were safe and taken to warm by the fire.

The farmer mounted his horse and raced for his farm. He gathered up six long ropes and braided them together. He rode back to the top of the mountain, and they let this rope down. The next man eased himself down the rope and gathered up two children. They did this until all the children were down from the escarpment. The count recorded in the priest's diary was fifty-seven children in all who were

pana. El cura paró y señaló con el dedo al escarpe arriba en la montaña. La gente miraba con incredulidad.

Unos cincuenta niños altos, desnudos y expuestos al frío estaban de pie en la cresta.

Un ranchero gritó a los hombres: —¡Vengan! Vamos a bajar a los niños de allí. Es peligroso. Pueden caerse. ¡Démonos prisa!

Siguiendo al ranchero, los hombres cruzaron el arroyo helado hasta unas colinas. Eran nada más que colinas pequeñas, más bien lomitas. Pero, desde ahí, se hizo difícil.

El barranco empinado estaba helado del rocío y del fuerte viento de diciembre. Los hombres no podían escalar el barranco.

Volvieron a la iglesia. El cura había buscado toda la soga que encontraba en el cobertizo. Los hombres decidieron ir a caballo hasta la cima de la montaña, bajarse con la soga y bajar a los niños, uno por uno. Las mujeres fueron a casa y comenzaron a cocinar. El cura hizo una hoguera grande frente a la iglesia para calentar a los niños al bajarse, y se calentaría él mismo mientras miraba.

Los hombres cabalgaron rápidamente hasta arriba. Ataron la soga a un piñón fuerte y lentamente, uno por uno, se bajaron. La soga rascaba contra las piedras. El primer hombre logró bajarse con dos niños. Traía uno en la espalda, y llevaba al otro bajo el brazo. Los niños eran prietos, con cabello largo y negro, traían grandes plumas negras de un metro y no hablaban nada.

Las mujeres esperaban a los dos niños y al hombre en el fondo del barranco. Cubrieron a los niños con mantas y los llevaron al cura donde la hoguera. Allí las mujeres les ofrecían una sopa caliente a los niños. No tenían hambre.

El siguiente hombre se bajó. Mientras se bajaba con la soga, sintió un tirón y la soga empezó a romperse. Subió por la soga rápidamente y cargó en la espalda a una muchacha joven de nueve años, agarró a un niño pequeño de dos años bajo el brazo y, muy lentamente, se bajó. Faltando tres metros, la soga se rompió y se cayeron a los brazos de las mujeres que traían las mantas. Ya estaban a salvo y los llevaron a la hoguera para calentarse.

El ranchero montó su caballo y galopó a su rancho. Agarró seis sogas largas y las enlazó. Cabalgó hasta arriba de la montaña, y bajaron las sogas. El siguiente hombre se bajó con dos niños. Se repitió la escena hasta bajar a todos los niños del barranco. El cura anotó en su diario que cincuenta y siete niños bajaron por la soga aquel día.

carried down the rope that day. Each child held one or more of the long black feathers. No child was hungry, no child was thirsty, and not one could speak or wanted to speak.

Mass was given at four o'clock in the afternoon instead of dawn. The glorious Santuario de Chimayó de Nuestro Señor de Esquípulas was lit with a full display of candles. The afternoon sun shone radiantly through the stained-glass window, and the church was warm with compassion.

Many more came to that Mass. They were eager to be together and give thanks. The priest knew of the many families who had lost their children early in the fall due to horrible illnesses, and many still felt the pain. The priest prayed for the families.

The children from the mountain sat in the first ten pews. They were dressed, and their matted hair was combed as best as one could. They had shoes but no stockings.

The priest gave his best sermon that day. He finished it by asking those who could to take in a child who had come out of the mountain as a gift from God to bless this small town of Chimayó.

The children were silent as they were warmly hugged by those who were willing to give love. The children were all taken in, and the truly joyous feeling of the "miracle" was felt that day in Chimayó.

This could be the end of the story, but it is not. Far away on the other side of the Río Grande Valley was a great sadness. At the pueblos of San Ildefonso and Santa Clara, there was a wailing of such pain that the heavens shook. Plains Indian traders had come into these two pueblos and traded blankets for food. The blankets were a welcome gift. The Indian pueblos were cautious and kept the blankets hanging out in the cold snow for four days before bringing them in to be used. The first night that the blankets were hung outside, a great wind came upon the land. It blew hard, and people huddled deep in their bedrolls.

It is said that the Great Wise Snake of the Underworld came out of his hole at Huérfano Mesa and crawled upon the land. He crawled on his two front feet, dragging his long tail behind him. His long black feathers pushed him through the ice-cold snow. The steam that came from his large mouth brought the wind that fought with the Winter Spirit.

He looked through the adobe walls with his magical eyes and enchanted each child to get up from his bedroll and come to him. The children did so. They climbed up the long black feathers and sat entranced on the back of the Great Wise Snake of the Underworld.

He took all the children of all ages upon his back deep into his hole

Cada niño traía al menos una larga pluma negra. Ninguno traía hambre ni sed, y ninguno podía ni quería hablar.

Hubo misa a las cuatro de la tarde en vez del amanecer. Se llenaba de velas el glorioso Santuario de Chimayó de Nuestro Señor de Esquípulas. El brillante sol de la tarde penetraba los vidrios de color, y la iglesia se calentaba por la compasión.

Muchos más llegaron a aquella misa. Estaban ansiosos de estar juntos y de dar las gracias. El cura reconocía que muchas familias habían perdido a sus hijos al principio del otoño a causa de enfermedades horribles, y aún sentían el dolor. El cura rezaba por ellos.

Los niños de la montaña se sentaron en los primeros diez bancos. Ya estaban vestidos, y se los habían peinado lo mejor posible. Llevaban zapatos, pero sin calcetines.

El cura dio su mejor sermón aquel día. Acabó pidiendo a los que podían a encargarse de un niño que había bajado de la montaña como un regalo de Dios para bendecir a este pequeño pueblo de Chimayó.

Los niños no hablaban cuando fueron abrazados por los que querían darles amor. Todos los niños fueron adoptados, y aquel día en Chimayó se sentía la verdadera alegría de un "milagro".

Parece ser el fin de la historia, pero no lo es. Muy lejos, en la otra ribera del valle del Río Grande, existía mucha tristeza. Desde los pueblos de San Ildefonso y Santa Clara se podía oír unos quejidos de tanto dolor que temblaba el cielo. Los comerciantes de los llanos habían llegado a estos dos pueblos y cambiaron sus mantas por comida. Se recibieron las mantas como gratos regalos. Los indios del pueblo eran cautelosos y dejaban colgar afuera las mantas en la nieve fría durante cuatro días antes de llevarlas adentro para utilizarlas. La primera noche que las dejaron afuera, un gran viento arrasó la tierra. Soplaba fuertemente y la gente se acurrucaba en su ropa de cama.

Se dice que la Gran Serpiente Sabia del Mundo Interior salió de su hueco en la Mesa del Huérfano y se arrastraba por la tierra. Se arrastraba en sus dos patas delanteras, tirando detrás su larga cola. Sus largas plumas negras le empujaban por la nieve helada. El vapor que salía de su gran boca llevaba el viento que peleaba con el Espíritu del Invierno.

Espiaba através de los paredes de adobe con sus ojos mágicos y hechizó a cada niño a que se levantara de su saco de dormir y se le acudiera. Los niños obedecieron. Subieron por las largas plumas negras y se sentaron hechizados en la espalda de la Gran Serpiente Sabia del Mundo Interior.

Llevó por la espalda a todos los niños de todas las edades a su

in Huérfano Mesa. There he tunneled deep into the womb of Earth Mother. He fed the children and cared for them in the warmth of Earth Mother.

The people of the pueblos awoke in the morning to find their children gone. They screamed, tore their hair, and cried to the spirits. The children did not come back. The wind blew cold upon them. They took the blankets inside and huddled together to keep warm. The spots came upon their bodies. The mothers and fathers were taken over by the horrible red spots, then the fevers, and the wind of life left their bodies. It was a time of great sadness. Only a few of the people survived to tell of what happened.

The children from the mountain in Chimayó lived well with their new parents. They learned to speak Spanish; they learned to love their new parents; they learned a new way of living, for they did not remember their way of before.

The pueblos have come back and now are doing well. Chimayó has a wealth of people, as well as a wealth of love. The people of Chimayó believe that the children were a gift from God. The people from the pueblos believe their children were saved by the Great Wise Snake of the Underworld.

Miracles do happen!

hueco profundo en la Mesa del Huérfano. Allí hizo un túnel para llegar al útero de la Madre Tierra. Les dio de comer a los niños y los cuidaba con el calor de la Madre Tierra.

Por la mañana la gente de los pueblos se despertaron para ver que los niños se habían desaparecidos. Chillaban, se mesaban los cabellos y gritaban a los espíritus. Los niños no volvieron. El viento soplaba frío. Llevaron adentro las mantas y se acurrucaban para mantenerse calientes. Se mancharon los cuerpos. Las madres y los padres se cubrieron de horribles manchas rojas, luego hubo calenturas y, faltando el aliento de la vida, se convirtieron en cadáveres. Era una época de una gran tristeza. Muy poca gente se sobrevivió para contar lo que sucedió.

Los niños del barranco en Chimayó vivían bien con sus nuevos padres. Aprendieron español; aprendieron a querer a sus nuevos padres; aprendieron nuevas costumbres, porque ya no se acordaban de cómo vivieron antes.

Los pueblos han renacido y ahora están bien. Abundan gente y amor en Chimayó. La gente de Chimayó cree que los niños eran un regalo de Dios. La gente de los pueblos creen que sus hijos fueron salvados por la Gran Serpiente Sabia del Mundo Interior. Es cierto, ¡hay milagros!

Padre Martínez
and San José

Padre Martínez was a kind and generous man of the cloth. His sermons would melt the hearts of many, and his humble ways brought him to generous homes for prayer. The people of Río Arriba County loved Padre Martínez, even the people of the small village of San José.

The people of San José, however, sat in church and listened to Padre Martínez give his sermon with sleepy eyes. They would listen, shake his hand, then go out into the world and do as they had always done. Some bet money on the horses that raced in the arroyo. Others would drink too much while trying to find women. This disturbed Padre Martínez, for no matter what he preached, the people did not listen.

On one particular Christmas, Padre Martínez wrote and rewrote sermons searching for a way to reach the people of San José. Padre Martínez stopped at Española and gave a sermon. He moved on to Alcalde and gave his midmorning sermon. All the while the people listened, prayed, and believed. He couldn't understand why the people of San José would not do the same.

After a large lunch and a short nap, Padre Martínez found himself in San José. Padre Martínez noticed how the old church was run down, how the roof leaked, and how the upkeep had been less than good. The people slowly walked to the church. Their bodies were bringing them and their hearts were good, but they were not eager to hear his sermon. This made Padre Martínez even more worried.

Padre Martínez stood at the podium and expounded on the birth of Jesus Christ, the beauty of the Virgin Mary, and the warmth of love. The people tried to stay awake.

Finally, the sermon was over, and Padre Martínez shook the hands

El padre Martínez
y San José

El padre Martínez era un clérigo bondadoso y generoso. Sus sermones podían ablandar cualquier corazón, y su humildad le llevaba a las casas de gente generosa para rezar. Tanto la gente del condado de Río Arriba como la del pueblito de San José quería al padre Martínez.

La gente de San José, sin embargo, se sentaba en la iglesia y escuchaba con ojos soñolientos el sermón del padre Martínez. Le escuchaban, le daban la mano y luego salían al mundo para hacer lo de siempre: algunos apostaban en las carreras de caballos en el arroyo; otros bebían demasiado mientras buscaban la compañía de alguna mujer. Todo lo cual molestaba al padre Martínez, porque a pesar del tema de sus sermones, la gente no le hacía caso.

Una vez durante la Navidad, el padre Martínez se encontraba escribiendo y revisando sus sermones buscando una manera de llegar a la gente de San José. El padre Martínez pasó por Española y dio un sermón; fue a Alcalde y dio otro sermón matinal. La gente de allí escuchaba, rezaba y tenía fe. Pero el padre Martínez no entendía por qué la gente de San José no hacía lo mismo.

Después de un abundante almuerzo y una siesta breve, el padre Martínez fue a San José. Se dio cuenta del estado deplorable de la vieja iglesia; goteaba el techo, no lo habían cuidado. La gente andaba lentamente a la iglesia. El cuerpo les llevaba y tenían buenas intenciones, pero no tenían ganas de escuchar el sermón, lo cual le preocupaba al padre Martínez.

Detrás del podio, el padre Martínez habló sobre el nacimiento de Jesucristo, la hermosura de la Virgen María y el calor del amor. La gente se esforzaba por no dormirse.

Cuando por fin se acabó el sermón, el padre Martínez estrechó la

of the people as they left the church. Padre Martínez was in such distress that he could not leave right away.

He went back into the church and sat in the first pew. He sat there and prayed for guidance. A voice broke the silence.

"You speak of Jesus Christ, and you expound on the beauty of the Virgin Mary, but you don't talk about our most prized saint, San José. Perhaps if you were to tell the people of their beloved San José, they would stay awake."

Padre Martínez jumped up and twirled around. There before him was an old janitor. "I am the keeper of the church and cleaning man at the school. I have listened to your sermons for many years. Why is it that you never speak of our beloved San José?"

Padre Martínez knelt before the man and kissed his hand. "Bless you, my son."

The next visit by Padre Martínez to San José was on the feast day of San José. Padre Martínez stood at the front doors of the old church. He watched the people slowly go inside. They were coming out of duty.

The service started. Padre Martínez called to the people. "If you like what you hear today, please put what you can into the box."

He handed the box to a grandfather in the first pew. Then he walked over to the statue of San José and carefully lifted it. He carried it to the podium.

The people's eyes sparkled. Padre Martínez stood next to San José and began his sermon. "San José is here in front of the podium because he is important. This is the feast day of the best saint of them all, San José. San José helps everyone, rich or poor, sick or healthy, farmer or sheepherder. San José of New Mexico can work miracles."

The miracle was obvious from the people's response. Their eyes sparkled, their faces smiled, and their generosity filled up the donation box as it passed from hand to hand.

Padre Martínez went on. "San José does things for people. Men should pray to San José, for he will give the sheepherders more sheep. Women should pray to San José, for he will keep your husbands safe out in the fields. Girls should pray to San José, for he will find you a good, kind man. Boys should pray to San José, for he will find you a good, hardworking woman. San José will help all the people of the land who believe in him. San José will help you all into heaven."

Just then a tall man in a fine suit stood up and put his hand on the shoulder of Padre Martínez. "Padre, the donation box is full to overflowing because of your wonderful sermon, but please stop now or my family will never eat again. I'm the storekeeper."

mano a la gente mientras salía de la iglesia. El padre Martínez estaba tan angustiado que no podía abandonar el lugar.

Entró de nuevo en la iglesia y, sentado en el primer banco, rezó, pidiendo dirección. Una voz rompió el silencio:

—Usted habla de Jesucristo y elogia la belleza de la Virgen María, pero usted nunca habla de nuestro santo más apreciado, San José. Quizás si hablara usted de nuestro querido San José, no nos dormiríamos.

El padre Martínez se paró y volteó. Allí, enfrente, estaba el viejo portero: —Soy el guardián de la iglesia y el custodio de la escuela. He escuchado sus sermones durante muchos años. ¿Por qué no habla usted de nuestro querido San José?

El padre Martínez se puso de rodillas frente al hombre y le besó la mano: —Bendito sea, mi hijo.

La siguiente visita del padre Martínez a San José fue el día de la fiesta del santo patrón. El padre Martínez se paraba frente a las puertas principales de la vieja iglesia. Miraba a la gente entrar lentamente. Venía por obligación.

Empezó la misa. El padre Martínez habló a la gente: —Si les gusta lo que voy a decir, haga el favor de donar lo que puedan.

Le dio la caja a un abuelo sentado en el primer banco. Entonces se acercó a la estatua de San José, la levantó cuidadosamente y la llevó al podio.

Se abrieron los ojos de la gente. El padre Martínez se paró al lado de San José e inició su sermón: —San José está aquí adelante porque él es importante. Esta es la fiesta del mejor de todos los santos, o sea, San José. San José ayuda a todos, al rico o al pobre, al enfermo o al sano, al ranchero o al pastor. San José de Nuevo México hace milagros.

El milagro era evidente en la reacción de la gente. Bailaban sus ojos, sonreían y su generosidad llenó la caja de donaciones cuando se iba de mano en mano.

El padre Martínez continuó: —San José ayuda a la gente. Los hombres deben rezar a San José, porque él obsequiará más ovejas a los pastores. Las mujeres deben rezar a San José, porque cuidará a los maridos mientras trabajen sus tierras. Las muchachas deben rezar a San José, porque él les encontrará a un marido bueno y bondadoso. Los muchachos deben rezar a San José, porque él les hallará a una mujer buena y trabajadora. Y San José les ayudará a todos ustedes a llegar al Cielo.

En aquel instante un hombre alto y bien vestido se paró y le tomó al padre Martinez por el hombro: —Padre, la caja de donaciones está rellena por su maravilloso sermón, pero pido que deje de hablar ahora,

It is good to pray to San José. It is good to listen to the people and learn wisdom from them as well.

porque si no, mi familia no tendrá con qué comer. Soy el dueño de la tienda.

Es bueno rezar a San José. También es bueno escuchar a la gente y aprovechar su sabiduría.

The Teacher

"Where is the teacher? Is he here?"

The tall, smartly dressed woman holding the briefcase confronted a small, brown-haired girl on the playground. The girl froze, staring at the navy blue corduroy suit, the black leather high heels, the red fingernails, the white silk shirt, the pale white face with the bright red lipstick. The girl just looked at the woman.

"Girl, where is the teacher? Don't you speak Spanish?" The brown-headed girl slowly turned her eyes, scanning the playground. Then she slowly, so slowly, raised her arm and pointed to a short, stocky man by the swing set.

"There." The girl turned and ran to the swings. The tall woman shoved her briefcase under her right arm. The tall woman pushed her long hair back behind her ear. She straightened as she walked to the swings. "Hello, sir? Are you the teacher?"

The stocky man replied, "I am the teacher." He smiled in her direction. The tall woman's face went limp. She studied the white-glazed eyes facing her.

"Sir," was all that she could say. He put his hand out, "Good day, miss." The tall woman cautiously stepped forward and put out her hand. He did not move his hand to hers. She pushed forward, grabbing his hand quickly, then letting it drop.

"Sir, I am . . . my name is Miss Cruz. I work for the Velarde Company." The tall woman let the breeze blow her long hair across her face.

The stocky man smiled, showing his straight, white teeth. "My name is Carlos Sisneros. How are you?" Mr. Sisneros walked forward

El maestro de escuela

—¿Dónde está el maestro? ¿Está aquí?

La mujer alta y bien vestida con una cartera confrontó a una pequeña muchacha de cabello castaño en el patio de recreo. La muchacha se inmovilizó, mirando fijamente el traje de pana azul marino, los zapatos con tacones altos de cuero negro, las uñas rojas, la blusa de seda blanca, la cara pálida con labios fuertemente rojos. La muchacha no pudo sino mirar a la mujer.

—Niña, ¿dónde está el maestro? ¿Hablas español?

La muchacha del cabello castaño miraba a su alrededor, escudriñando el patio de recreo. Entonces alzó el brazo despacio, muy despacio, y señaló a un hombre bajo y chaparreado al lado de los columpios.

—Allí—. La muchacha corrió hacia los columpios. La mujer alta guardó su cartera bajo el brazo derecho y empujo una trenza larga de cabello negro detrás del oído. Se irguió mientras caminaba hacia los columpios.

—Buenos días, señor. ¿Es usted el maestro?

El hombre chaparreado contestó: —Yo soy el maestro—. Y le sonrió a ella. La cara de la mujer alta se aflojó. Estudiaba los ojos blancos y vidriosos que la enfrentaban.

—Señor—, y no dijo más. El maestro le alcanzó la mano y dijo:

—Buenos días, señorita—. El maestro no se adelantó para recibirla. Ella avanzó y agarró la mano de él, dejándola después.

—Señor, soy . . . me llamo Señorita Cruz. Trabajo con la compañía Velarde—. La mujer alta dejó que la brisa le llenara la cara de cabello.

El hombre chaparreado sonrió, mostrando sus dientes rectos y blancos: —Me llamo Carlos Sisneros. ¿Cómo está usted?— El señor

to Miss Cruz. The children playing on the swings moved from the swing set to the side of Mr. Sisneros. The woman did not smile at them, but said, "Sir, do you speak English?"

The teacher chuckled. "Of course I speak English. How can I help you?"

Mr. Sisneros was now walking toward the school. A child held each of his elbows as they walked. The other children on the playground left their games and formed a line behind their teacher.

Miss Cruz was swept along with them. "Sir, it is very important that I speak with you, alone." The students watched her open her briefcase. "Sir, you cannot run this school. You cannot keep this school open. It has been condemned by the governor." Miss Cruz pulled out pieces of long white paper with typed words on them.

Mr. Sisneros stopped at the white double doors of the school. "What?" The woman took his hand and shoved the white, typed papers into his palm, trying to fold his fingers over the papers. The wind picked some of the papers up out of his hand and blew them to the ground. "Miss, you have come all this way to tell me to shut down the school? Is that correct?"

Miss Cruz was now kneeling, trying to pick up the pieces of paper that were on the ground around the children's feet.

"Yes, sir . . . yes . . . yes, this school has been condemned. It is not safe, and you are not a qualified teacher. We find that you are not certified to teach in this state. Sir, you must let the children go to the school in El Rito."

Mr. Sisneros clapped his hands. "Children, quickly!" The students ran around Mr. Sisneros, hurrying into the school building. Mr. Sisneros cocked his head to listen after hearing the sound of the children's voices become quiet. He said, "Miss, this school is not run by the governor or the officials. This school is kept here by the people. If you would like to observe, you may. Otherwise, I wish you a good trip back to your town."

Mr. Sisneros smiled sincerely, opened the school door, and disappeared down the hall. Miss Cruz shoved her papers back into her briefcase. She took a deep breath and marched into the school. There were many rooms, but they were all unoccupied. Some rooms had ceilings that were caved in, and only her footsteps echoed on the dirty wooden floor. Miss Cruz came to the last room. A lightbulb glowed in the middle of the ceiling; the desks were broken but in straight rows; the windows with no glass let the breeze cool the room. There was no one there.

Sisneros se acercó a la señorita Cruz. Los niños que jugaban en los columpios avanzaron hacia el señor Sisneros. La mujer no les sonrió pero dijo:

—Señor, ¿habla usted inglés?

El maestro se rio entre dientes:

—Claro que sí hablo inglés. ¿Cómo le puedo ayudar?

Ahora el señor Sisneros caminaba hacia la escuela. Los niños le agarraban por los brazos. Los otros niños en el patio dejaron de jugar y formaron una cola detrás del maestro.

La señorita Cruz fue arrastrada por ellos:

—Señor, es muy importante que yo hable con usted a solas—. Los estudiantes le miraban mientras ella abría su cartera.

—Señor, usted no puede seguir de director de esta escuela. No puede quedarse abierta. El gobernador ha ordenado que se cierre.

La señorita Cruz sacó unas largas hojas blancas y llenas de palabras escritas por máquina.

El señor Sisneros se paró enfrente de las blancas puertas principales de la escuela: —¿Qué?— La mujer le tomó la mano y puso los papeles en su palma, tratando de doblar los dedos sobre los papeles. El viento agarró algunos de los papeles de la mano y los llevó al suelo.

—Señorita, ¿ha venido usted desde tan lejos para mandarme a cerrar la escuela? ¿Es esto lo que usted está haciendo?

Ahora la señorita Cruz estaba de rodillas, tratando de recoger los papeles que estaban desparramados por los pies de los niños.

—Sí, señor . . . sí . . . sí, esta escuela ha sido condenada. La escuela esta dañada, y usted no es un maestro calificado. Hemos determinado que usted no tiene el certificado para ejercer la docencia en este estado. Señor, tiene usted que dejar a los niños asistir a la escuela en El Rito.

El señor Sisneros hizo una palmada: —¡Niños, rápidos! Los estudi- antes corrían alrededor del señor Sisneros, apurándose para entrar en la escuela. El señor Sisneros, después de oír a los niños callarse, inclinó la cabeza:

—Señorita, esta escuela no pertenece al estado. Esta escuela es de la gente. Si desea observar, no hay inconveniente. Si no, le deseo un buen viaje de regreso a su pueblo.

El señor Sisneros sonrió sinceramente, abrió la puerta de la escuela y desapareció por el pasillo. La señorita Cruz metió los papeles en su cartera. Respiró profundamente y entró en la escuela. Había varias salas, todas desocupadas. En algunas los cielos rasos se habían de- rrumbado, y sólo el sonido de sus pisadas reverberaban en el piso sucio de madera. La señorita Cruz llegó a la última sala. Un foco brill- aba en medio. Los escritorios estaban rotos pero estaban en fila recta. Las ventanas, sin vidrio, dejaban entrar una brisa refrescante. No había nadie allí.

Miss Cruz half turned to leave when she noticed the blackboard. The yellow chalk moved silently across the chipped face. The words were legible:

> MR. SISNEROS IS A GOOD TEACHER. DAY BY DAY
> WE SHALL LEARN TO READ AND WRITE BETTER.
> IT IS TIME TO UNDERSTAND THE EXPRESSIONS
> AND DIARIES OF THE LIVING AND THE DEAD.

The chalk stopped, then briefly moved to the far side of the blackboard and wrote:

> HAVE A GOOD TRIP HOME, MISS CRUZ.

Miss Cruz nodded and hurried out of the building, leaving a trail of typed papers behind her.

La señorita Cruz empezó a salir cuando vio la pizarra. La tiza amarilla se movía silenciosamente sobre la superficie astillada. Las palabras eran legibles:

EL SEÑOR SISNEROS ES UN BUEN MAESTRO. CADA DIA APRENDEMOS A LEER Y A ESCRIBIR MEJOR. YA ES HORA DE COMPRENDER LAS EXPRESIONES Y LOS DIARIOS DE LOS VIVOS Y DE LOS MUERTOS.

La tiza dejó de escribir, fue a otra parte de la pizarra y siguió:

QUE TENGA BUEN VIAJE, SEÑORITA CRUZ.

La señorita Cruz cabeceó y se apuró en salir del edificio, dejando detrás de sí una estela de papeles.

Idiots

There were three idiots—and I use that term seriously—who went for a walk in the forest. I am not sure they knew what a forest was, but that is where they were. They saw some big, mean men coming toward them and waving guns. These idiots knew enough to know that these big, mean, ugly men were in search of beating up idiots. The idiots hid. One of the big, ugly men saw one of the idiots and captured him. They cut off his head.

One of the big, ugly men said, "Ah, fresh blood. This is good!" The men stared at the blood as it flowed from the idiot's head, growing darker and darker until it was almost black. The big, ugly men spoke among themselves. They had never seen such dark blood.

One of the idiots could not help but overhear the conversation, and he said, "His blood is dark because we have been eating blackberries." The big, ugly men did not like someone telling them reasons for things they themselves could not figure out, so they captured the idiot.

The big, ugly men laughed, saying, "If you had not spoken, we never would have found you. You really are an idiot!" And they kicked the idiot to the ground, laughing at him. The third idiot piped up from the bushes, "I am not going to say anything!"

And that is why, my friends, there are no more idiots in the forest. You may find big, ugly men, but you will not find any more idiots. There is a lesson here: It does not pay to think out loud, at least if you are an idiot.

Los idiotas

Había tres idiotas —empleo ese término en serio— que fueron a pasear por el bosque. No sé si sabían lo que es un bosque, pero fueron de todos modos. Vieron a unos hombres grandes y viles que avanzaban hacia ellos, empuñando armas de fuego. Los idiotas sabían lo suficiente para entender que estos hombres feos, grandes y crueles andaban buscando idiotas para aporrear. Se escondieron. Uno de los hombres feos encontró a uno de los idiotas. Le capturó, y se le cortó la cabeza.

Dijo uno de los hombres grandes y feos: —Ay, sangre fresca. ¡Qué bueno!— Los hombres miraron fijamente la sangre que, manando de la cabeza del idiota, se tornaba más y más oscura hasta que saliera casi negra. Los hombres grandes y feos hablaban entre sí. Jamás habían visto sangre tan oscura.

Uno de los idiotas alcanzó a oír la conversación, y dijo: —La sangre sale oscura porque hemos comido zarzamoras—. A los hombres grandes y feos no les gustaba que alguien les explicara cosas que ellos mismos ignoraban, entonces le capturaron al segundo idiota.

Los hombres se rieron, diciéndole: —Si no hubieras hablado, nunca te habríamos encontrado. ¡Eres un idiota de verdad!

Y, riéndose de él, le dieron patadas hasta que se cayó al suelo. Desde un matorral el tercer idiota anunció:

—¡Yo no voy a decir nada!

Y es por eso, mis amigos, que ya no hay idiotas en el bosque. A lo mejor allí encontrarán hombres grandes y feos, pero ningún idiota. ¿La moraleja? No vale la pena pensar en voz alta, al menos si eres idiota.

The Land of
Those Who Sleep

The sun rose to awaken a *mayordomo*, who was very kind and gentle. His name was Señor Bondadoso. He was loving to his wife, generous with his workers, and thoughtful of his friends. His wife was a lovely woman named Dulce. They had a daughter named Clara born to them. She was a happy child, filled with laughter and song. Soon after Clara was born, her mother Dulce died. Señor Bondadoso was heartbroken. He gave his love to his lovely daughter Clara. One spring day the bookkeeper came to Señor Bondadoso. He told the señor that the winter had been hard on the fields. The crops that year would be poor. There was a need to bring in money, or to let some of the workers find jobs elsewhere. The *mayordomo* asked his bookkeeper for advice. The bookkeeper suggested that he betroth his daughter to a wealthy family. The *mayordomo* refused.

In the spring, only half the crop could be planted. The winter would be bleak. There would not be enough to feed everyone. Señor Bondadoso thought of cutting back his food, but he could not take food away from the workers or his daughter Clara. He reflected on what the bookkeeper had mentioned. Another landowner to the south had many acres of land, excellent crops, and several sons.

Señor Bondadoso saddled up his horse and rode to the farm of Señor Guerra. Señor Guerra was an elderly man with six sons and an elderly daughter who was the same age as Señor Bondadoso. Señor Bondadoso met each member of the family. He was impressed by the

La Tierra de
la Gente que Duerme

El sol despertó a un mayordomo que era muy gentil y cortés. Se llamaba el señor Bondadoso. Era cariñoso con su mujer, generoso con sus trabajadores y comedido con sus amigos. Su esposa era una linda mujer que se llamaba Dulce. Tuvieron a una hija que se llamaba Clara. Era una niña alegre, llena de risas y de música. Poco después de que naciera Clara, se murió la madre. El señor Bondadoso estaba acongojado. Se dedicó a su hermosa hija Clara.

Un día de la primavera, el contador buscó al señor Bondadoso. Le dijo que el invierno había sido muy duro y la cosecha no iba a ser muy buena. Era necesario adquirir dinero; si no, había que dejar a algunos trabajadores irse a buscar trabajo en otra parte. El mayordomo le pidió consejo al contador. El contador sugirió que prometiera en matrimonio a su hija a una familia rica. El mayordomo negó.

En la primavera, solamente se pudo sembrar la mitad. El invierno daba una perspectiva sombría. Sin lo suficiente para dar de comer a todos, el señor Bondadoso pensaba en limitar la cantidad de comida, pero no podía negarles de comer, ni a sus trabajadores, ni a su hija, Clara. Se reflexionó sobre lo que le había dicho el contador. Otro hacendado en el sur tenía mucha tierra, cosechas excelentes y varios hijos.

El señor Bondadoso ensilló su caballo y cabalgó al rancho del señor Guerra. El señor Guerra era un anciano con seis hijos y una hija mayor que tenía la misma edad que el señor Bondadoso. El señor

daughter. She was a beautiful woman with sharp eyes, knowledge of the land, and a large dowry.

Señor Bondadoso bid farewell and rode home. He thought about his beautiful daughter and her need for a mother. He decided it would be better for his daughter to have a mother than to be betrothed as a young child, never being able to fall in love with a man of her own choosing.

Señor Bondadoso rode to Señor Guerra's farm and met with him in the privacy of his study.

"Señor Guerra, I would like to ask for your daughter's hand in marriage."

Señor Guerra quickly sat down on his red leather chair.

"You would like to marry my daughter? She is about your age . . . she is from my first marriage, hummm. I have felt that she would stay with us. If you have set your mind, however, then let us discuss our plans further with her."

Señor Guerra called in his daughter. Señor Bondadoso politely asked her, "Señorita, will you marry me and become the mother of my daughter?"

Señorita Guerra blushed. "I would be honored to be the wife of such a fine landowner. This is a blessing. I do love children. I love the land and would never be able to live too far away from my father and brothers. Yes, I would be honored to marry you."

Señor Bondadoso sat down. The discussion lasted late into the night. When Señor Bondadoso got home that evening, he was most happy. He told Clara of the news. She would finally have a mother.

Clara asked her father, "What will be my stepmother's name?"

Señor Bondadoso smiled at his daughter. "She has a strong name. Her name is Tiesa Guerra."

Clara held her breath at this thought. Perhaps the marriage was one of convenience for her father. Perhaps it was one of disposition for the señorita. She would judge the woman soon enough.

The wedding took place in the fall. Money was given to Señora Bondadoso, as well as food, finery, and animals. Señor Guerra was most generous with his gifts. Señora Bondadoso was delighted with her new home. She set to work immediately. The señora took Clara under her care and taught her of woman's work and the roles the woman has on the farm.

All was wonderful, until Señora Bondadoso gave birth to her own daughter. This little baby cried all the time. She was never happy. The baby would scream whenever Clara would try to help. This brought about a great unrest. The infant was named Oscura. Oscura grew in size and in anger. She yelled at Clara. Oscura would trick

Bondadoso conoció a cada miembro de la familia. Le impresionó la hija. Era una hermosa mujer con ojos penetrantes, un conocimiento de la tierra y un dote grande.

El señor Bondadoso se despidió y volvió a casa. Pensaba en su hermosa hija y la importancia de tener a una madre para ella. Decidió que sería mejor para su hija tener a una madre que casarse de niña, sin poder jamás enamorarse de su propia voluntad.

El señor Bondadoso cabalgó al rancho del señor Guerra y se reunió con él en su despacho privado:

—Señor Guerra, quiero pedirle la mano de su hija.

El señor Guerra se cayó de golpe en su sillón de cuero rojo:

—¿Quiere usted casarse con mi hija? Tiene más o menos la misma edad que usted . . . es hija del primer matrimonio . . . a ver. Yo pensaba que se quedaría con nosotros. Sin embargo, si está usted dispuesto, déjenos hablar más con ella de nuestros planes.

El señor Guerra llamó a su hija. Cortésmente, el señor Bondadoso le preguntó:

—Señorita, ¿se casará usted conmigo y ser la madre de mi hija?

La señorita Guerra se enrojeció: —Me honraría ser la esposa de un hacendado tan bueno. Es para mí una bendición. Adoro a los niños, amo la tierra y nunca podré vivir lejos de mi padre y de mis hermanos. Sí, sería un honor casarme con usted.

El señor Bondadoso se sentó. La conversación duraba hasta muy de noche. Cuando el señor Bondadoso llegó a casa aquella noche, estaba muy contento. Le dio las noticias a Clara. Por fin tendría una madre.

Clara le preguntó a su padre: —¿Cómo se llama mi madrastra?

El señor Bondadoso le sonrió a su hija: —Tiene un nombre fuerte. Se llama Tiesa Guerra.

Claro dejó de respirar. Tal vez el matrimonio era de conveniencia para su padre. Tal vez dependía de la propensión de la señorita. Pronto ella podrá juzgarla.

La boda se llevó a cabo en el otoño. Se le regaló dinero al señor Bondadoso, también comida, ropa fina y animales. El señor Guerra fue muy generoso con sus regalos. A la señora Bondadoso le encantó su nueva casa. Se puso a trabajar inmediatamente. La señora cuidaba a Clara y le enseñaba el trabajo femenino y el papel de una mujer de la hacienda.

Todo estaba muy bien, hasta que la señora Bondadoso dio luz a su propia hija. La criatura lloraba todo el tiempo. Nunca estaba contenta. La criatura chillaba cada vez que Clara trataba de ayudar, lo cual le ocasionaba una gran inquietud. La niña se llamaba Oscura. Mientras Oscura crecía, también crecía su enojo. Le gritaba a Clara. Oscura le

Clara and then call her mother to scold Clara. Life was very difficult.

Not far from the farm of Señor Bondadoso was a thick range of pine, juniper, cottonwood, and wild oak. Some called it a forest. Others called it the Land of Those Who Sleep, La Tierra de la Gente que Duerme. Oscura told Clara to get some fresh flowers. Oscura told Clara that the flowers—the only flowers—that would please her would be flowers from La Tierra de la Gente que Duerme. Clara got up before dawn and quietly walked to La Tierra. She noticed how thick the bushes were on the outside of this range of trees.

Inside the bushes were tall, beautiful flowers waiting to be cut. Clara pushed the wild scrub oak aside. The branches pulled on her clothes. The bushes tore her dress, stuck to her stockings, and stuck to her basket. Clara pushed through to the tall, beautiful flowers.

The bushes closed behind her. The life she knew was now gone. The bushes held the enchantment of the People Who Sleep. Clara did not know about this enchantment. She continued to cut the flowers. Her basket was filled, and she was ready to return home. She turned, but there was no path. She looked for the edge of the bushes, but there was no edge. All the world around her was the same as where she stood.

Clara ran through the flowers and the trees, searching for the wild scrub oak bushes. None were to be seen. Clara sat down under a tall cottonwood tree. She thought about her father, her stepmother, her half-sister. She missed them. She looked around. She was alone. Clara smelled her flowers. They stayed fresh and crisp in her basket. The sun moved across the sky and started to go down.

Clara was cold and frightened, and began to cry. A soft voice spoke out beside her.

"Do not cry. I will take you to our home, and you can eat and be warm."

Clara turned. A tall deer with fine smooth antlers stood looking at her. His eyes were a soft brown.

"It is all right. Come with me."

Clara followed the stag deer. They came to a clearing in the trees. There was a tall adobe hacienda of three stories, with a flagstone garden filled with flowers of all colors, and a large, double front gate held in place with a thick wooden bar.

"Come and meet the others."

Clara followed. The stag deer stomped with his sharp hoof on the flagstone step. The sound echoed. The wooden bar lifted. The doors opened. The front room was filled with lavish furniture. Heavy linen

hacía trampas a Clara y entonces llamaba a su madre para que le regañara a Clara. La vida se tornó difícil.

No muy lejos del rancho del señor Bondadoso había un campo lleno de pinos, juníperos, álamos y robles salvajes. Algunos decían que era un bosque. Otros lo llamaba La Tierra de la Gente que Duerme. Oscura le mandó a Clara a recoger unas flores frescas. Le dijo que las flores—las únicas flores—que le gustarían serían las de la Tierra de la Gente que Duerme. Clara amaneció antes del sol y caminó silenciosamente a La Tierra. Se dio cuenta de cuan denso eran los arbustos alrededor del bosque.

Entre los arbustos se hallaban flores altas y lindas listas para cortarse. Clara empujo hacia un lado los arbustos del roble salvaje. Las ramas se pegaban a su ropa. Los arbustos rompieron su vestido, se pegaron a sus medias y agarraron su canasta. Clara siguió abriendo camino hacia las lindas flores altas.

Los arbustos se cerraban detrás de ella. La vida, tal como la conocía, ya se había terminado. Dentro de los arbustos se había hechizado a "La Gente que Duerme." Clara no sabía nada de este hechizo. Seguía cortando flores. Llenó la canasta y se preparó para volver a casa. Al voltearse, no halló el sendero. Buscaba la salida de los arbustos, pero no la encontraba. El mundo que le rodeaba era igual que el lugar donde estaba.

Clara corrió por las flores y los árboles, buscando los arbustos del roble salvaje. No se veía nada. Clara se sentó debajo de un álamo alto. Pensaba en su padre, su madrastra, su medio-hermana. Los extrañaba. Miró alrededor. Clara olía las flores. Se mantenían frescas en su canasta. El sol cruzó el cielo y anunció el atardecer.

Clara tenía frio y miedo. Se puso a llorar. A su lado, le habló una voz suave:

—No llores. Yo te llevaré a nuestra casa donde puedes comer y calentarte.

Clara se volteó. Veía un venado alto con cuernos finos y lisos. Sus ojos eran de un pardusco castaño.

—No te preocupes. Ven conmigo.

Clara siguió al ciervo. Llegaron a un claro. En frente estaba una hacienda de adobe de tres pisos, con un jardín de losa lleno de flores de todos los colores y una entrada grande con una tranca gruesa de madera.

—Ven a conocer a los otros.

Clara le siguió. El ciervo pegó la pata aguda contra la escalera de losa. El sonido reverberó. La tranca de madera se movió. Se abrieron las puertas. La sala principal estaba llena de muebles suntuosos. Había

curtains covered the white, wooden-framed windows set deeply into the thick adobe walls. Finely woven rugs lay on the clean floors. The chandelier over the table was lit with white candles. The table was set for fourteen. There were crystal glasses, pearl-handled silverware, white cloth napkins, and handpainted plates at each place. Clara was amazed at this. The stag led her through the hall.

The hall was lit with candles at every door. Clara followed the stag to the end of the hall. There she could hear voices. She hesitated.

"Wait, I don't think I belong here."

"You are here. Therefore, you have no choice but to become one of the family. Come and meet everyone else. You won't feel so alone."

She walked into the large room containing every kind of animal imaginable. Animals were there that she thought had left the land. Clara stood with her eyes wide and her mouth open. A tall, white-tailed doe with a pink ribbon around her neck came up to the stag.

"Who is this lovely girl?"

The stag flicked his ears. "I didn't ask her her name, not yet, anyway."

The graceful white doe studied Clara's face. "Are you afraid of us, my dear?"

Clara reached up and touched the soft, white fur of the doe. "No, I'm not. You speak as humans, yet you aren't humans. What am I doing here? Why can't I find my way home?"

Clara's eyes welled up in tears. The white doe confronted Clara. "You are here because someone tricked you. You cannot leave until you learn all that there is to learn of this place. We cannot tell you why we speak as humans; that you will find out for yourself soon enough. Dinner is ready, and we are all hungry. Come, let us eat and talk. After you have had something to eat, you will feel better."

Clara let the stag take her to the table. Each animal sat in a chair, ate with the silverware, drank from the crystal goblets, and spoke most eloquently. The dinner was cornmeal bread, chile stews of different kinds, baked corn ears, nuts and berries, and a dessert of apple cake. Clara was amazed at how easily the animals ate, spoke, and accepted her. The stag answered her every question. The raccoon on the other side of her spoke most kindly.

After dinner the animals went to the large room at the other end of the hall. Soon they said good night. They disappeared through the different doors in the long hall. The white doe noticed Clara's eyes growing heavy.

"It is time that I show you the room where you will stay while you are with us."

cortinas de lienzo grueso que cubrían las ventanas de madera blanca que estaban encrustadas en las gruesas paredes de adobe. Las alfombras de tejido fino cubrían el suelo limpio. La araña de luces que colgaba sobre la mesa llevaba blancas velas prendidas. La mesa estaba puesta para catorce personas. Había copas de cristal, cubiertos de plata con asas de perla, servilletas de paño blanco y platos pintados a mano. Todo lo cual le asombraba a Clara. El ciervo la llevó por el pasillo.

El pasillo se iluminaba mediante velas puestas en cada puerta. Clara siguió al ciervo hasta el fondo del pasillo donde se oían voces. Titubeó:

—Perdón, yo no debo estar aquí.

—Ya estás aquí, de modo que no tienes más remedio que integrarse a la familia. Ven a conocer a los otros. No te sentirás tan sola.

Entró en una sala grande donde se hallaba cada clase de animal que se podía imaginar, hasta animales que ella creía extintos. Clara quedó boquiabierto. Una gama alta, con cola blanca y una cinta rosa atada al cuello, se acercó al ciervo macho.

—¿Quién es esta linda muchacha?

El ciervo aguzó las orejas:

—Aún no la he preguntado por su nombre.

La elegante gama blanca examinaba la cara de Clara.

—¿Nos tienes miedo, mi hija?

Clara extendió la mano y tocó la blanda piel blanca de la gama.

—No, no lo tengo. Ustedes hablan como seres humanos, pero no los son. ¿Qué hago aquí? ¿Por qué no puedo volver a mi casa?

Los ojos de Clara se llenaron de lágrimas. La gama blanca le confrontó a Clara:

—Estás aquí porque alguien te hizo una trampa. No puedes salir hasta que aprendas todo lo que hay a aprender de este lugar. No te podemos decir cómo es que hablamos como seres humanos; eso aprenderás pronto. La comida está preparada y todos tenemos hambre. Ven. Vamos a comer y hablar. Después de comer te sentirás mejor.

Clara dejó que el ciervo la llevara a la mesa. Cada animal se sentaba en una silla, comía con cubiertos, bebía de copas de cristal y hablaba elocuentemente. La comida incluía pan de maíz, varios guisados de chile, elotes asados, nueces, moras y un postre de pastel de manzana. Clara estaba asombrada de cuan fácilmente los animales comían, hablaban y le aceptaban. El ciervo contestaba cada pregunta. El mapache, sentado por el otro lado, le hablaba muy bondadosamente.

Después de comer, los animales fueron a la sala grande al fondo del pasillo. Pronto se despidieron y desaparecieron a través de las puertas del pasillo. La gama blanca notó sueño en los ojos de Clara.

—Es hora de enseñarte el cuarto donde te quedarás mientras estés con nosotros.

Clara did not question her hostess and followed her to a door. The heavy, carved wooden door opened to a bedroom. The bed had a feather mattress. The quilt was that of all the colors of the forest. There were young women's clothes hanging in the closet. Shoes, boots, and slippers were placed on the floor of the closet. The bureau held a comb, brush, mirror, and drawers filled with undergarments, jewelry, and night apparel.

The white doe said softly to her, "You are in The Land of Those Who Sleep. We do not sleep as one might think. We are trapped here and cannot leave. Many animals in this forest will try to trick you. You must be careful who you trust. My name is Querida, and you may call on me at any time. The young stag who brought you here is named Ciervo. Rest, and we will wake you when it is time."

Querida left Clara alone. Clara sat on the bed. She was tired. She was confused. The animals were nice to her. They were very understanding. She missed her father. Clara changed her clothes, got into the big bed, and fell asleep.

Clara dreamed. Some dreams were of her stepmother having a terrible illness. Clara dreamt of her father searching for her. Clara dreamt of Oscura growing up and being torturous to her father. Clara tried to speak in her dreams, but she couldn't. Clara saw her stepmother die in her dream. Softly, Clara cried in her sleep. Clara felt that she had slept a long time; however, she could not force herself to awaken. She lay on the fine-feathered bed and slept.

Clara felt something soft against her arm.

"Clara, it is time for you to get up now. Clara, you can hear me. Get up, open your eyes, and rise up out of this bed. It is time."

Clara lifted her heavy eyelids. There stood a magnificent stag deer. His horns were covered with a soft velvet. His eyes were larger than she remembered. His voice was much deeper. She sat up and studied his face.

"Are you Ciervo?"

The stag deer stepped back. "You remember my name!"

Clara looked around the room. It was just the way she remembered it.

"Yes, of course. I feel as though I slept a long time, but everything is the same, isn't it?"

Ciervo lifted the sides of his lips. "It is the way you wish it to be. Get up, get dressed, and meet us in the dining room."

He left her. Clara got up quickly, for she was very hungry. She tried on the clothes in the closet. Her own clothes were small on her, which seemed strange, but she found a nicer dress in the closet that fit her perfectly. She went to the mirror. The face looking back at her

Clara no protestó y le siguió a su anfitriona hasta una puerta. La gruesa puerta entallada de madera dio a un dormitorio. La cama tenía un colchón de pluma. La colcha era de todos los colores del bosque. Había ropa de joven colgada en el ropero. La cómoda contenía un peine, un cepillo, un espejo y cajones llenos de ropa interior, joyería y camisas de dormir.

La gama blanca le dijo suavemente:

—Estás en la Tierra de la Gente que Duerme. No dormimos de la manera que uno cree. Estamos atrapados aquí y no podemos salir. Muchos animales en este bosque intentarán hacerte trampa. No confíes en nadie. Me llamo Querida y búscame cuando quieras. El joven ciervo que te trajo aquí se llama Ciervo. Ahora, descansa. Te despertamos cuando ya es hora.

Querida la dejó sola. Clara se sentó en la cama. Estaba muy cansada. Estaba confusa. Los animales la trataban bien. Eran muy compasivos. Extrañaba a su padre. Clara se cambió de ropa, se metió en la cama grande y se durmió.

Clara soñaba. Algunos sueños se trataban de su madrastra que padecía una enfermedad horrible. Clara soñaba que su padre la buscaba, y que Oscura se creció y torturaba a su padre. Clara trató de hablar en sus sueños, pero no podía. En un sueño, Clara vio a su madrastra morir. Clara lloraba quedito mientras dormía. Clara sentía que se había dormido mucho tiempo, pero no podía despertarse. Se acostó en la cama de plumas finas y se durmió.

Clara sintió un toque suave en el brazo.

—Clara, ya es hora de levantarte. Clara, me puedes oír. Despiértate, abre los ojos y levántate de esta cama. Ya es hora.

Clara alzó los párpados pesados. Allí estaba un ciervo magnífico. Sus cuernos estaban cubiertos de un terciopelo suave. Sus ojos eran más grandes de lo que recordaba. Su voz era más profunda. Se enderezó y estudiaba su cara.

—¿Eres Ciervo?

El ciervo se retrocedió: —¡Te acuerdas de mi nombre!

Clara examinaba el cuarto. Estaba exactamente como lo recordaba.

—Sí, claro. Siento como si hubiera dormido mucho tiempo, pero todo sigue igual, ¿verdad?

Ciervo frunció los labios:

—Está como tu deseas que fuera. Levántate, vístete y ven a vernos en el comedor.

La dejó. Clara se levantó rápidamente, porque tenía mucha hambre. Probó la ropa del ropero. La suya le quedaba chica, lo que le parecía extraño, pero encontró algo mejor en el ropero que le quedaba perfec-

was not that of a fourteen-year-old girl, but that of a woman. She gasped. She ran to the dining room.

All the animals were there waiting for her. They turned when she entered. Clara hurried to her chair. The animals welcomed her to the table. The raccoon was dressed in white fur. Querida appeared more tired. The other animals appeared older. The animals began to eat their food. It was quiet around the table.

"I have been sleeping for longer than one night, haven't I?" Querida looked up at Clara. Clara continued, "Is this what they mean by the place where the people sleep? Have you all slept for a long while as well?"

Querida spoke first. "No, we have been living life as best we can every day. You have slept for eight years. We taught you through dreams and told you of your family."

Clara pushed the melon around on her plate. "Is my stepmother dead? Is my father still searching for me?"

Querida clicked her tongue. "That is from another life. But, yes, your stepmother died, and your father has been told through dreams of your whereabouts and that you are alive and well. Your life now is here, and you must make the best of it."

The animals all nodded in agreement. After the meal, Ciervo asked her to come to the room at the end of the hall. He asked her to sit at the piano and play. She laughed.

"I don't know how to play the piano! I have never seen a piano before now!"

Ciervo begged her to try, and she consented. Her fingers felt the keys, and then her fingers moved without her guiding them. Clara played every piece of music that was on the piano.

"How can this be?"

"We taught you while you slept."

Ciervo excused himself. Clara played the piano until she noticed a wild bird at the window. It pecked at the thinly stretched bark. Clara tried to open the window, but it was stuck fast with tree sap. Clara ran to the door, but it was bolted from the outside. The bird called to her through the bark window. "Meet me in your room."

Clara ran to her bedroom. The bird was perched on the bureau. It spoke to her.

"You are being held prisoner here. If you can get out and pick the Christmas rose that is in the middle of the forest, you will set everyone free, including yourself. Querida is holding all the animals prisoner here, and she will not let them leave."

tamente. Fue al espejo. La cara que la miraba no era la de una joven de catorce años, sino la de una mujer. Jadeó. Corrió al comedor.

Allí le esperaban todos los animales. Se voltearon cuando entró. Clara se apuró para llegar a su silla. Los animales la dieron la bienvenida. El mapache estaba vestido de piel blanco. Querida parecía más cansada. Parecía que los otros animales se habían envejecidos. Los animales empezaron a comer. Predominó el silencio en la mesa.

—He dormido más de una noche, ¿verdad?

Querida le miró a Clara, quien continuó:

—¿Es esto lo que quiere decir "La Tierra de la Gente que Duerme"? ¿Han dormido ustedes mucho tiempo también?

Primero habló Querida: —No, hemos estado viviendo lo mejor posible cada día. Tú has dormido ocho años. A través de tus sueños, te enseñamos todo, te hablamos de tu familia.

Clara jugaba con el melón en su plato.

—¿Está muerta mi madrastra? ¿Sigue buscándome mi padre?

Querida cloqueó la lengua:

—Todo eso es de otra vida. Pero sí, murió tu madrastra, y por medio de tus sueños tu padre sabe donde estás, que estás viva y sana. Ya vives aquí y tienes que aprovechar lo mejor de la situación.

Todos los animales cabecearon de acuerdo. Después de comer, Ciervo le llevó al cuarto al fondo del pasillo. Le pidió sentarse al piano y tocarlo. Ella se rio:

—¡Yo no sé tocar el piano! ¡Nunca había visto un piano hasta ahora!

Ciervo le rogó que tratara y ella asintió. Sus dedos tocaban las teclas y, luego, los dedos se movían sin que ella los guiara. Clara tocó cada pieza de música que había sobre el piano.

—¿Cómo puede ser?

—Te enseñamos mientras dormías.

Ciervo se despidió. Clara seguía tocando el piano hasta que vio un pájaro en la ventana. Picoteaba a la corteza ligeramente tendida. Clara trató de abrir la ventana, pero estaba pegada con savia de árbol. Clara corrió a la puerta, pero estaba atrancada por afuera. El pájaro la llamó por la ventana de corteza:

—Búscame en tu cuarto.

Clara corrió a su dormitorio. El pájaro se posaba en la cómoda, y dijo:

—Estás presa aquí. Si te escapas y coges la rosa de la Navidad que está en medio del bosque, podrás liberar a todos, aun a tí misma. Querida tiene prisioneros a todos los animales, y no los dejará salir.

Clara asked the bird, "How could I get out of here? Do you know of a way?"

The bird chirped, "Yes, there is a passageway under the house. The trapdoor under the dining room table will lead you to the outside. Tell no one of this, or they will put you to death and kill your father, as they did your stepmother."

The bird was gone. Clara sat on the bed. She thought about the bird. She thought about her father and her stepmother. She wanted desperately to go home. The day passed, and Ciervo came for her. She followed him to the dinner table. Clara dropped her napkin to find the trapdoor under the table. Clara went to her room after dinner and waited. When it was quiet, she cautiously crept to the dining room, crawled under the table, lifted the trapdoor, and disappeared down the ladder. She was in a dark tunnel. She felt her way along until she could smell the fresh air of the forest. Quietly, slowly, and carefully Clara moved on. After many hours of walking, she noticed a light. The light was the sun. She came up in the range of trees.

In a clearing, not far from where the tunnel opened up, was a tall rosebush. At the top of the rosebush was one Christmas rose flower. It was blocked from the sun by tall trees. Clara hurried to the Christmas rose. She was eager to free her friends, the animals. She thought of her father as the thorns on the rose tore at her dress and grabbed at her skin. She did not pull away, but continued to reach for the flower.

Finally, she pulled herself up on the rose vine, letting the thorns draw her blood, and grabbed the Christmas rose flower. She yanked on it, and it fell into her hurting fingers.

The trees wilted, the air grew still, the birds stopped singing, and her fine dress turned to rags. Clara stepped back, still holding the rose. She ran to the house of the animals. It was nothing more than a crumbled pile of adobes. There were no animals. There was no one there. Clara let her arm drop, her fingers letting the rose fall to the ground.

The bird flew up to her. "You did well, foolish girl. You finally broke the spell that held me. I am the enchantress of The Land of Those Who Sleep. All of your friends are now dead or asleep in a cave somewhere on this land. You are a foolish, foolish young girl. You have brought death to your friends and no escape for you. Ha, ha, ha, ha—you are foolish. This Christmas rose was my gift of freedom and death to those you love."

Clara turned to see the feathers of the talking bird lying on the ground. Above the feathers was black smoke that floated around

Clara le preguntó:

—¿Y cómo podría yo salir de aquí? ¿Sabes cómo?

El pájaro pió:

—Bueno, hay un túnel debajo de la casa. La trampa está debajo de la mesa del comedor y te llevará afuera. No digas nada a nadie, si no, te matarán a tí y a tu padre, como mataron a tu madrastra.

El pájaro voló. Clara se sentaba en la cama. Pensaba en el pájaro. Pensaba en su padre y en su madrastra. Quería desesperadamente volver a casa. En el atardecer llegó Ciervo por ella. Le siguió a la mesa del comedor. Clara dejó caer su servilleta al piso para buscar la trampa debajo de la mesa. Después de comer, Clara fue a su dormitorio y esperó. Cuando ya no se oía nada, caminó a hurtadillas al comedor; debajo ya de la mesa, alzó la trampa y desapareció por la escalera. Se encontró en un túnel oscuro. Tanteando el camino, empezó a oler el aire fresco del bosque. Clara seguía, silenciosa, lenta y cuidadosa. Después de muchas horas de andar, vio una luz. Era el sol. Subió a la arboleda.

En un claro, no muy lejos de donde se abría el túnel, hubo un rosal alto. Encima del rosal estaba una sola rosa de Navidad. Los árboles altos no dejaba llegar el sol. Clara corrió a la rosa de Navidad. Ansiosa de liberar a sus amigos, los animales, pensaba en su padre mientras las espinas de la rosa rascaban su vestido y le cortaban la piel. No se retrocedía, sino siguió alargando la mano hacia la flor.

Finalmente, subió el rosal, dejando que las espinas le sacaran la sangre, y agarró la rosa de Navidad. Le dio un tirón y se cayó en sus dedos dolientes.

Los árboles se marchitaron, el aire se puso quedo, los pájaros dejaron de cantar y su vestido fino se hizo un andrajo. Clara dio un paso atrás, todavía agarrando la rosa. Corrió a la casa de los animales. No había nada sino que un montón desmenuzante de adobe. No había animales. No había nadie. Clara dejó caer su brazo, y la rosa se cayó al suelo.

El pájaro voló hacia ella.

—Hiciste bien, muchacha tonta. Por fin rompiste el hechizo que me aprisionaba. Soy la hechicera de La Tierra de la Gente que Duerme. Todos tus amigos ya están muertos o dormidos en una cueva en alguna parte de esta tierra. Eres muy, muy tonta. Has traído la muerte a tus amigos y no hay salida para tí. Ja, ja, ja, ja, ¡qué tonta! La rosa de Navidad era mi regalo de la libertad y la muerte para los queridos.

Cuando Clara se volteó, vio en el suelo las plumas del pájaro que hablaba. Sobre la pluma flotaba un humo negro del cual caía un polvo

dropping black powder. Clara was now truly afraid. The vicious laughter rang in her ears.

Clara's voice echoed out in the fading darkness, "What have I done? Oh, my friends, what have I done?"

Clara ran. Clara ran until she could run no more. She fell and crawled, not knowing where she was going. She struggled to find a way out. If she could get to her father, he could help her.

Night fell. Clara lay on a bed of leaves. Her tears stained her cheeks. She was hungry. She thought of Ciervo and Querida. They were her true friends. How could she have distrusted them? Clara lay in the same place for many days. She grew weak with hunger. She was thirsty. She was so alone.

Clara waited for the sleep to take her and give her peace.

One night as she lay on the leaves, something moved near her arm. She jumped. "What is it? Who are you?"

"SHHHH, shhhh, do you want to bring the enchantress? Be quiet and listen carefully. I am a turtle. I live in the forest. I have been watching you for some time. If you want to get out of here and save your friends, then you must do as I say. If you do not, you will die here."

Clara agreed. The voice continued. "Climb onto my back. You must stay on my back for one hundred days. If you get off of my back, it will be bad, very bad. Can you do that?"

Clara did not answer, but climbed onto the turtle's hard shell. She let him carry her away. The turtle carried her through the forest. He carried her to the place of the wild scrub oak. Clara saw a house that looked like her father's house, but she did not speak. She did not try to get off, and she waited.

The turtle carried her across the land. Snow lay deep all across the land. The one hundredth day arrived. The turtle had brought her to her home. Clara waited for the sun to rise in the sky.

The turtle turned to her. "It is time. Go to your father."

Clara carefully got off of the turtle's back. She thanked the turtle. Clara went into the house. Her father was in the kitchen. Clara ran to him and threw her arms around him. "Papa, Papa, it is me . . . it is Clara . . . I am finally home!"

Her father cried out in joy. They were so happy to be together at last. Her father told her of Tiesa's death. Oscura had married a man who lived far to the south, and rarely did they come to visit. Her father had been lonely. His prayers held the hope of Clara riding home on a giant box turtle.

Clara laughed and clapped her hands. "Yes, it is true. That is how I got home!"

negro. Clara ya tenía miedo de verdad. La risa cruel zumbaba en sus oídos.

La voz de Clara reverberaba en la oscuridad que disminuía:

—¿Qué he hecho? Ay, mis amigos, ¿qué he hecho?

Clara corrió. Corrió hasta que no podía más. Se cayó y se arrastraba sin saber adónde iba. Luchaba para encontrar una salida. Si pudiera llegar a su padre, él le podría ayudar.

Anocheció. Clara se acostó en una cama de hojas. Sus lágrimas manchaban sus mejillas. Tenía hambre. Pensaba en Ciervo y Querida. Eran amigos verdaderos. ¿Cómo hubiera desconfiado de ellos? Clara quedó en el mismo lugar durante muchos días. Se debilitaba de hambre. Tenía sed. Estaba tan sola.

Clara esperaba a que el sueño la llevara y la dejara en paz.

Una noche, mientras se acostaba en las hojas, algo se movió cerca de su brazo. Saltó.

—¿Qué es? ¿Quién es?

—Cállate, cállate, ¿quieres traer a la hechicera? Cállate y escucha cuidadosamente. Soy una tortuga y vivo en el bosque. Tengo mucho tiempo vigilándote. Si quieres salir de aquí y salvar a tus amigos, hay que hacer lo que yo te diga. Si no lo haces, morirás aquí.

Clara asintió. La voz continuaba:

—Sube a mi espalda. Hay que permanecer en mi espalda durante cien días. Si te bajas de mi espalda, pasarán cosas horribles. ¿Lo puedes hacer?

Clara no dijo nada sino montar la dura concha de la tortuga. Le dejó llevarla. La tortuga la llevó por el bosque. La llevó al lugar del roble salvaje. Clara vio una casa que parecía a la casa de su padre, pero no habló. No trató de bajarse. Esperó.

La tortuga la llevó por el mundo. Había mucha nieve por todas partes. Se cumplieron los cien días. La tortuga la había llevado a su casa. Clara esperó ver el sol subir en el cielo.

La tortuga se volteó hacia ella:

—Ya es hora. Ve a tu padre.

Clara se bajó cuidadosamente de la concha de la tortuga. Le agradeció a la tortuga. Clara entró en la casa. Su padre estaba en la cocina. Clara corrió hacia él y le abrazó.

—Papá, papá, soy yo . . . soy Clara . . . ¡Por fin he llegado!

Su padre gritó de alegría. Estaban muy contentos de estar juntos por fin. Su padre le contó de la muerte de Tiesa. Oscura se había casado con un hombre que vivía en el sur, y raramente venían de visita. Su padre estaba solo. Rezaba con la esperanza de que Clara volviera a casa, montando una tortuga.

Clara se rio y apretó las manos. —Es verdad. ¡Así volví a casa!

Clara and her father worked together on the land. Many of the workers had been sent away by Oscura. One cold winter night there was a knock at the door. Clara went to the door and opened it. There stood a tall, majestic woman with long, soft white hair. Beside her stood a man with brown hair and soft brown eyes. Clara invited them to come in and stand by the fire.

The tall woman walked ahead of Clara, as if she knew exactly where to go. Señor Bondadoso greeted her and offered her a chair. "Welcome, señora and señor. Welcome to our home."

The woman spoke first. "Hello, Señor Bondadoso. We have come to see how Clara is and if she is feeling well."

Señor Bondadoso looked at Clara. "You know these people?"

Clara clapped her hands. "Yes, this is Querida, a friend who helped me in the forest."

Clara turned, ". . . and this must be Ciervo?" Ciervo walked up to her. "I have thought of no one but you all this time. I could not live another day without seeing you."

Querida explained how the turtle and Clara had broken the spell of the enchantress. It had taken them months to find their homes and to relearn how to be people again. When they found their homes, most were in ruins. They had worked hard to repair the buildings and reestablish their lives.

Señor Bondadoso invited them to stay. They did stay for a very long time. Señor Bondadoso married Querida. Clara and Ciervo were also married, and they built their own house on Clara's father's land. Clara gave birth to two little girls who looked like her and two little boys who looked like Ciervo.

They loved each other, and all who knew them loved them.

Juntos, Clara y su padre trabajaban la tierra. Muchos trabajadores
habían sido despedidos por Oscura. Una noche fría de invierno,
alguien tocó la puerta. Clara se acercó y la abrió. Allí estaba una
mujer alta y noble con cabello largo, suave y blanco. A su lado estaba
un hombre de pelo castaño y suaves ojos marrones. Clara les invitó a
entrar y a calentarse al lado de la chimenea.

La mujer alta entró directamente, como si supiera adónde ir. El
señor Bondadoso le saludó y le ofreció una silla.

—Bienvenidos, señores. Bienvenidos a nuestro hogar.

La mujer habló primero:

—Buenas noches, señor Bondadoso. Hemos venido para ver cómo
está Clara y si se siente bien.

El señor Bondadoso miró a Clara.

—¿Conoces a esta gente?

Clara apretó las manos.

—Sí, ella es Querida, una amiga que me ayudó en el bosque.

Clara se volteó: — . . . ¿Y usted debe ser Ciervo?

Ciervo se acercó:

—Durante todo este tiempo, no he pensado sino en tí. No podía
vivir otro día sin verte.

Querida explicó cómo la tortuga y Clara habían roto el conjuro de
la hechicera. Llevaron meses para encontrar su casa y convertirse en
seres humanos. Al encontrar sus casas, la mayoría estaban destruídas.
Pero habían trabajado mucho para reparar los edificios y rehacer sus
vidas.

El señor Bondadoso les invitó a quedarse. Y se quedaron mucho
tiempo. El señor Bondadoso se casó con Querida. Clara y Ciervo se
casaron también, y construyeron su propia casa en la misma propiedad
del padre de Clara. Clara dio a luz a dos hijas que parecían a ella y
dos varones que parecían a Ciervo.

Se amaban, y los amaban todos los que los conocían.

The Well

The well here is over a hundred years old. Once demons came out of it. They were nasty, naughty little men with straight tails and yellow eyes. A man from the mountains lit candles all around this well. He lit candles before the sun went down, before the demons came out, and he cooked them with the candles. The well stank for years after that. Another man came with gooseberry bushes. He planted them all around this place. Gooseberries smell awful. They died, and these wild oak bushes grew. Magpies built a nest up there in the bucket pull. Now lovers come here. To test that their love is true, they drop a wild acorn in the well. If they don't hear it splash, it means their love will last forever.

El pozo

Este pozo está aquí desde hace más de cien años. En otros tiempos, demonios salían desde adentro: hombrecitos malos y pícaros con colas rectas y ojos amarillos. Un serrano prendió velas alrededor del pozo. Las prendió antes de la puesta del sol, o sea, antes de que salieran los demonios, y así se les prendió fuego con las velas. Después, el pozo hedía durante muchos años. Llegó otro hombre con arbustos de grosella silvestre. Los cultivó por todos lados. La grosella huele mal. Murieron todos, y en su lugar crecieron estas encinas salvajes. Las urracas construyeron un nido allí en la rueda del cangilón. Ahora llegan los novios a este lugar. Para probar si su amor es verdadero, tiran una bellota al pozo: si no se oye la salpicadura, quiere decir que su amor durará para siempre.

The Cross

The cross on this door was carved by a miracle of love. The cross has been here as long as anyone can remember. Tennessee does not have many crosses on doors, but this is a special cross with a special story.

There was a beautiful woman of sixteen years of age. She had long, brown hair that was loose, all the way down her back to her knees. Her face was scrubbed clean. She had large, oval, brown eyes. It is said that her nose arched like a half rainbow, sloping toward perfectly smooth, firm lips. She was small bosomed and could sing like a bird.

A man found her. He had been out looking for his animals, and he saw her running naked through the green pastures. He grabbed her, covering her with his heavy coat. She willingly followed him home. He was kind to her, and she stayed with him. He never got her to speak, but she had a way of communicating with the birds, the animals, and the wind. He had good crops and never lost an animal while she was with him.

The priest came one day to visit when she was out in the forest. The priest blessed the man and blessed the house, and when the young woman put her hand on the door to come in, there was a blaze of light. When the bright light disappeared, all that was left was a cross imprint cut through the door. The young woman was never seen again. They say the man died soon after. There had been a great love between them.

La cruz

La cruz grabada en esta puerta apareció por un milagro de amor. Nadie recuerda cuándo ocurrió. En Tennessee no se acostumbra poner cruces en las puertas, pero ésta es una cruz especial, con una historia también muy especial.

Había una hermosa joven de dieciséis años. Su cabello castaño le caía por la espalda hasta las rodillas. Tenía la cara radiante y los ojos cafés, grandes y ovalados. Y dicen que su nariz curvaba como la mitad de un arco iris, arqueándose hacia los labios suaves y firmes. De pechos pequeños, cantaba como los pájaros.

Un hombre que buscaba sus animales la vio corriendo desnuda por la llanura verde. La atrapó y la cubrió con su abrigo grueso. Ella lo siguió dócilmente a su casa. Como el hombre era bondadoso, ella se quedó con él. Aunque ella nunca le decía nada, sabía comunicarse con los pájaros, los animales y el viento. Mientras tanto, el hombre disfrutaba de buenas cosechas y jamás perdió un animal.

Un día que ella andaba por el bosque, vino el cura y bendijo al hombre y a su casa. Cuando la joven volvió y abrió la puerta, se produjo una ráfaga de luz intensa y, al apagarse, lo que quedó fue la imagen de una cruz grabada en la puerta. Jamás se supo de la joven y, según dicen, el hombre murió poco después. Los había unido un gran amor.

The Angel from Alcalde

There once was a bean farmer who lived in Alcalde, New Mexico. He grew the best beans in the state, and everybody knew that. This bean farmer was a lonely man. His wife had died while giving birth to his only child, his daughter. He taught his daughter everything there was to know about beans. He taught her how to boil, fry, bake, burn, and mash beans.

In August this bean farmer went to the state fair with his beans. He watched all the people come and go, but most of all he watched one woman in particular. This woman was about his age, a widow, and she had beautiful brown eyes that made him wish he could dance. He invited her to dinner and served her his beans. She could not help but fall in love with him.

Now the bean farmer's daughter was eighteen and old enough to be married. The bean farmer looked far and wide for a good husband for his daughter. At last he found just the man. This man was Policarpo. Policarpo was much older than his daughter; as a matter of fact, he was almost as old as the father. Policarpo, though, knew how to grow beans, knew how to appreciate beans, and liked his daughter. Policarpo and the daughter were married. The father and the woman with the brown eyes were married.

This would have been fine; however, life does not always flow without color, and there was a problem with the daughter's marriage. Her husband, Policarpo, slept with his boots on every night. This man never took his boots off. Never. The daughter could not imagine why not, and then she could not imagine Policarpo with feet. Somehow this bothered her, and she felt that there was something in her life that was missing.

El ángel de Alcalde

Había un señor de Alcalde, Nuevo México, que cultivaba los mejores frijoles del estado. Todo el mundo lo sabía. Pero era un hombre que vivía en la soledad. Su esposa se había muerto al dar a luz a su única hija. Le enseñó a su hija todo lo que había de saber de los frijoles: a hervir, cocinar, refreír, quemar y machacar los frijoles.

En agosto, este señor llevó sus frijoles a la feria del estado. Miraba a la gente ir y venir, pero más que todo miraba a una mujer especial. Esta mujer tenía más o menos su edad, y tenía lindos ojos marrones que le hacía querer saber bailar. Le invitó a comer y le sirvió sus frijoles. Ella no podía sino enamorarse de él.

Ahora que la hija del ranchero tenía dieciocho años, podía casarse. El ranchero buscaba por todas partes a un buen marido para su hija. Por fin encontró a tal hombre. Este hombre era Policarpo. Era mucho mayor que su hija; en realidad tenía casi la misma edad que el padre. Sin embargo, Policarpo sabía cultivar el frijol; apreciaba el frijol y le gustaba a su hija. Policarpo y la hija se casaron. El padre y la mujer con los ojos marrones se casaron.

Esto hubiera sido perfecto, pero la vida no fluye siempre sin percances: había un problema con el matrimonio de la hija. Su marido, Policarpo, dormía cada noche con las botas puestas. Este hombre jamás se quitaba las botas. Jamás. La hija no podía imaginar por qué, ni podía visualizar a Policarpo con pies. Por eso se molestaba, y creía que faltaba algo en la vida.

Every morning Policarpo would rise and ask his wife for his breakfast, which she dutifully prepared. His breakfast was baked beans and hot coffee. Policarpo would then go out to the fields to work all day and return in late afternoon for his boiled or fried bean dinner, which was served to him promptly.

The house was a two-room house. There was the bedroom, which was as neat as a pin. There was the kitchen with the big wood stove. A hole in the adobe wall was kept as the cooler. The small kitchen table, which seated only one, had the chair pushed neatly under it. This was the simple life that they had chosen.

Now one morning, as Policarpo left for work, his wife decided to get dressed in her fanciest of dresses. She fixed her hair and put in her Spanish combs. She pulled on her lace petticoat and rolled up her silk stockings. She buttoned all the pearl buttons on her silk dress and pulled on her black, high-buttoned shoes. Then she nodded at herself in the mirror as she decided that today, yes today, she was going to plant squash in her fancy outfit.

She picked up the squash seeds (that she had hidden in the bowl on the top shelf in the kitchen) and grabbed the hoe off the front porch as she walked out to the small house garden in the fall morning. She hoed and sowed the seed. Then she heard someone cough. There on the other side of the house was a very handsome young man putting up a cedar post fence. Oh, my, he was very good-looking indeed. His muscles bulged, his back was strong, his shirtless chest bore the strength of his family—he was a very fine young man. His face was flushed, his throat was dry, and the sun was pounding down on him.

The wife went to the well and pulled up a bucket of cold water. She was careful not to dirty her silk dress or her black, high-buttoned shoes. She carried the bucket of cold water with the ladle over to the handsome young man.

"Excuse me, sir, would you like some cold water?" She looked down as she spoke for she was a married woman.

"Thank you, ma'am, that would be very nice." The strong man took the bucket from her hand and lifted the ladle of cold water to his lips. He did not drip a drop. "This is very thoughtful of you, thank you."

She took the bucket back with the ladle and returned it to the well. She continued to sow her seeds in her little house garden. She was careful not to look up at the man.

It is important here that I tell you something about this young man. He was raised properly. His mother taught him of God and the

Cada mañana Policarpo se levantaba y le pedía el desayuno que ella preparaba obedientemente. El desayuno consistía en frijoles asados al horno y café. Entonces Policarpo iba al campo a trabajar todo el día y regresaba muy tarde para cenar: frijoles hervidos o refritos, que ella servía puntualmente.

La casa tenía dos piezas: un dormitorio que estaba bien ordenado y una cocina con una estufa grande. Un hueco en la pared de adobe servía de refrigerador. La pequeña mesa de la cocina, que era para una sola persona, tenía la silla puesta contra sí de una manera ordenada. Así era esta vida sencilla que habían elegido.

Ahora bien, una mañana, cuando Policarpo salió a trabajar, su esposa decidió ponerse uno de sus vestidos más elegantes. Al peinarse, puso los peines españoles, sus enaguas de encaje y medias de seda. Se abotonó todos los botones de perla de su vestido de seda y se puso los zapatos negros con botones. Mientras se miraba en el espejo, decidió que hoy, sí, hoy sembraría calabazas con su elegante vestido puesto.

Cogió las semillas de calabaza que había escondido en el tazón en el anaquel más alto de la cocina y agarró la azada del portal mientras iba al pequeño jardín casero en plena mañana otoñal. Azadonó y sembró las semillas. Entonces oyó a alguien toser. Allí al otro lado de la casa estaba un joven muy guapo que levantaba un cerco de cedro. ¡Ay, qué guapo! Sobresalían sus músculos, su espalda era fuerte, su pecho sin camisa llevaba la fuerza de su familia—era un joven muy bueno. Su cara estaba enrojecida, su garganta seca y el sol le golpeaba.

La esposa fue al pozo y sacó un cangilón lleno de agua fría. Se cuidaba en no ensuciar su vestido de seda ni sus zapatos con botones negros. Llevó el cangilón de agua fría con un cucharón al joven guapo.

—Disculpe, señor, ¿quiere usted agua fría?— Miró al suelo mientras hablaba porque era mujer casada.

—Gracias, señora, encantado—. El hombre fuerte tomó el cangilón de su mano y alzó a sus labios el cucharón de agua fría. No perdió ni una gota. —Usted es muy amable, gracias.

Recogió el cangilón con el cucharón y lo devolvió al pozo. Siguió sembrando las semillas en el jardincito casero. Se cuidaba de no mirar al hombre.

Ahora, es importante decir algo acerca de este joven. Se había educado bien. Su madre le había enseñado acerca de Dios y la Biblia. Su

ways of the Bible. His father taught him of women and the ways of affection. Both of his parents taught him of money. However, he felt the most important lesson was the combination of all three. He noticed that this married woman was dressed as one going to a great celebration. He noticed that she was planting seeds in the garden. Something was not right with this woman.

The wife noticed again that this young, strong man was hot and coughing. She went back to the well, gathered up another bucket of cold water, and brought it to him with the ladle. This young man thanked her again and drank from the ladle. It was a very warm fall day, and the water was delicious.

"This is the hottest time of the day. Perhaps it would be better if you came inside the house and rested awhile. It is cool and comfortable in my home."

The handsome man felt that it would only be polite to oblige this woman and perhaps what she needed was a compliment. He followed her into the house.

"This is my kitchen. In a while I should start up the stove for my husband's dinner."

The young man carefully studied the kitchen, "This is a very nice kitchen and so well kept. You must be very proud to have such a fine place to cook."

The wife beamed. "Oh, well, yes, would you like to see the quilt that I made last winter? It is right in here on the bed." She took him by the forearm and led him into the bedroom. The bedroom was extremely neat. She took his hand and stroked the wonderfully fine seams on her star quilt.

"This is a very complicated quilt, and the stitches are invisible to the eye. You are quite a seamstress." The young man watched the woman out of the corner of his eye.

"Well, I made this dress, too. See the seams here, oh let me show you how I put the buttonholes in this dress."

He realized that this woman needed someone to communicate with, and well he did. That is until he heard footsteps coming up the portal. He had seen the seams of her dress, her pillowcase embroidery, her leather gloves, and on and on. The footsteps on the portal bothered him, though, for he knew that it is not polite for a single man to be found alone in the house with a married woman.

"Could I please hide under your bed?" he asked her hurriedly.

Her face reddened for she heard the footsteps now as well.

"The bed is solid mud. It is firm to the floor. There is no way to hide under the bed."

padre le había enseñado acerca de las mujeres y el cariño. Los dos padres le habían enseñado a manejar el dinero. Sin embargo, él creía que la lección más importante era saber combinarlo todo. Notó que esta mujer casada estaba vestida como para ir a una gran fiesta. Notó que sembraba semillas en el jardín. Hubo algo raro de esta mujer.

La esposa vio de nuevo que este joven fuerte tenía calor y tosía. Regresó al pozo, agarró otro cangilón de agua y, con el cucharón, se lo llevó. El joven le agradeció de nuevo y bebió del cucharón. Hacía calor ese día de otoño y el agua sabía deliciosa.

—Esta es la hora más caliente del día. Quizás sería mejor entrar en la casa a descansar un rato. Está fresca y cómoda dentro de mi casa.

El hombre guapo creía que lo mejor sería complacer a esta mujer, y tal vez lo que ella necesitaba era que la alabara. La siguió hasta la casa.

—Esta es mi cocina. Al rato debo prender la estufa para preparar la comida para mi marido.

El joven examinó la cocina cuidadosamente: —Esta es una cocina muy buena y bien cuidada. Usted debe ser muy orgullosa de tener un lugar tan bueno para cocinar.

La esposa se sonreía ampliamente: —Pues, sí, ¿quiere usted ver la colcha que hice el invierno pasado? Está aquí en la cama—. Tomándole por el antebrazo, le llevó al dormitorio. El dormitorio estaba muy arreglado. Le tomó la mano, haciéndole acariciar las finas costuras de su colcha de estrellas.

—Esta es una colcha muy complicada y las puntadas son invisibles. Usted es muy buena costurera—. El joven le miraba a la mujer de soslayo.

—Bueno, hice este vestido también. Mire esta costura aquí. Bueno, déjeme enseñarle cómo puse los ojales de este vestido.

El se dio cuenta de que esta mujer necesitaba con quien pudiera comunicarse y él lo hacía bien; eso es, hasta que oyó una pisada en el portal. Había visto las costuras de su vestido, el bordado de sus fundas de almohada, sus guantes de cuero, etcétera. Pero la pisada en el portal le preocupaba, porque sabía que no era correcto que un soltero se encontrara a solas en la casa de una mujer casada.

—Perdón, ¿puedo esconderme debajo de su cama—? le preguntó apuradamente.

La cara de ella se enrojeció porque ahora ella también oía las pisadas.

—La cama es de barro. Llega hasta el suelo. No hay manera de esconderse allí.

"Perhaps you have a closet?"

"No, there is no closet. But there is the kitchen table?"

He hurried into the kitchen. No, the table would not work for there was only room for a pair of legs. He looked up and saw that she hung her pots and pans from ropes over the kitchen table. In one fell swoop he lifted himself up and over the kitchen table and hung there quietly.

The husband smiled to his wife as he came into the kitchen. He noticed rather quickly how cool the kitchen was as well as the stove. His wife hurried to the wall cooler; the beans were cold and hard. She automatically placed them in a bowl and put them down on the kitchen table in front of her husband. The coffee was cold and appeared slightly curdled as she poured it into his coffee cup. She placed this beside the plate and gave him a spoon.

This was true love, for the husband crunched his way through the hard beans and with one quiet gulp he swallowed the coffee. He smiled and said nothing. Her face was red; she straightened her silk dress and pushed her hair back to make sure it stayed in place.

Her husband finished his meal, pushed his chair back from the table, and with a blink a man fell into his lap. The husband held the man with all of his strength for this was a large, strong young man. The husband gave his wife a questioning glance.

"Excuse me, sir, I have been sent down here to find a good bean cook, and I see that there is not one in this house." The young man stood up, patted the husband on the shoulder, bowed to the wife, and left the house.

Policarpo went to town the next day with his wife. She was all dressed up in her best clothes. Policarpo had to stop and tell each person he met about the day that the angel came to his house, the day the angel came to Alcalde.

—¿Tiene un ropero, tal vez?

—No, no hay ropero. Pero, sí tengo una mesa de cocina.

Corrió a la cocina. No, la mesa tampoco servía porque cabía solamente un par de piernas. Miró hacia arriba y vió que sobre la mesa de cocina se colgaban de una cuerda ollas y cazuelas. De un solo golpe se alzó encima de la mesa y, de allí, se colgaba silenciosamente.

Al entrar en la cocina el marido le sonrió a su esposa. Notó en seguida cuan fresca estaba la cocina y también la estufa. Su esposa corrió al refrigerador. Los frijoles estaban fríos y duros. Sin pestañar los puso en un tazón en la mesa frente al marido. El café estaba frío y parecía haberse cuajado cuando se lo echó en su taza. La colocó al lado del plato y le dio una cuchara.

Era un amor verdadero, porque el marido trituraba los frijoles duros y de un solo trago silencioso engulló el café. Sonrió y no dijo nada. Ella tenía la cara enrojecida. Arregló su vestido de seda y puso el cabello por atrás para que se quedara fijo.

Su marido acabó su comida, empujó hacia atrás la silla y en un dos por tres se le cayó el hombre encima. El marido cargaba al joven con toda su fuerza porque éste era un joven grande y fuerte. El marido le echó a su esposa una mirada inquietante.

—Disculpe, señor, me mandaron aquí abajo para encontrar a un buen cocinero de frijoles, y veo que no lo hay en esta casa—. El joven se aderezó. Le dio una palmada en el hombro al esposo, saludó a la esposa y salió de la casa.

El día siguiente, Policarpo fue al pueblo con su esposa. Ella estaba vestida de su ropa más fina. Policarpo tenía que detenerse a cada rato para relatar a todos acerca del ángel que un día llegó a su casa, el día que el ángel llegó a Alcalde.

The House of Green

The green house stands on the high hill, and it has been there since before the road was made. The road had to follow the curve of the land. The canyon drops at least one mile from the green house as you stand at the side of the road and look back across the land. On the other side of this road, that is if you continue to follow the road, you will find wildflowers and worn footpaths that all lead to a sacred Spanish town in the Southwest of the United States. The road moves to the top of the hill and around the houses. You can reach your arm out of your vehicle and touch the trellis on the Trujillo's living-room window. The road follows the mood of the people.

The road skirts the graveyard, but it never gets up as high as the green house on the hill. The green house, its color denotes its name, is painted only in part a shade of lime sherbet green. The closed shutters, which have never been opened to expose the window glass, are no longer painted, but are the peaceful color of worn, gray, dried wood.

The green part of the green house is at the very topmost part of the hill which stands above the road. The green part is perhaps thirty feet square. From this painted part grows another room, perhaps (and this is by eye only) twenty feet by thirty feet. This part is only gray stucco and has no windows or shutters but does continue along with the pitched, shiny tin roof. It continues on, still sloping east to the least downward side of the hill. Here is another add-on, added on to by yet three more noticeable new additions that stop only at the dropoff of the land.

Here, then, is this green house with shuttered windows joined to a

La casa verde

La casa verde se encuentra en una colina alta, donde ha estado desde antes de que se hizo el camino. El camino seguía la topografía de la tierra. Desde la casa verde y el camino al lado se alcanza ver en la distancia el cañón que tiene un kilómetro y medio de profundidad. Al otro lado del camino, o sea, si se sigue el camino, encontrará flores salvajes y senderos bien frecuentados que llegan a un sagrado pueblo español, ubicado en el suroeste de los Estados Unidos. El camino llega hasta la cima de una colina y pasa al lado de la casa. Es posible extender el brazo de su vehículo y tocar el enrejado en la ventana de la sala de la casa de los Trujillo. El camino sigue el gusto de la gente.

El camino pasa al lado del camposanto, pero no llega hasta la altura de la casa verde en la colina. Esa casa, cuyo color le da su nombre, está pintada solamente en una parte de un verde de sorbete de lima. Las contraventanas cerradas, que nunca han sido abiertas para exponer el cristal de la ventana, son de un color tranquilo, de madera gris, usada y seca.

La parte verde de la casa verde está en la parte más alta de la colina, más arriba del camino. La parte verde de la casa es como un cuadro, de unos dos metros cuadrados. De esta parte pintada surge otra sala, que al parecer tiene unos cinco metros cuadrados. Esta parte es sólo de estuco gris, y no tiene ni ventanas ni contraventanas pero comparte el brillante techo de estaño. Sigue, todavía ladeante hacia el este, hasta la parte más baja de la colina, donde hay otra extensión, con tres otras extensiones notables que llegan hasta el barranco.

Esa es, entonces, la casa verde con las ventanas encerradas, conecta-

multiple of additions that have no windows at all. But there are doors. The doors are very short—shorter as the additions move east, which is in stark contrast to the high tin roof that looms overhead.

At first sight this house brings a smile, for it has the appearance of being private with outdoor entrances only. Yet everyone can hear what is going on through the walls. There is only the illusion of privacy. The home had to stop; therefore, the family stopped. That is all the room at the inn, and so the mother and father had no more children, but graced those they had with love and their own room in this very large home. The green house was a house of growing.

Some say that it is still growing. At night the shutters have an eerie glow that oozes out around the worn leather hinges. However, it is not the glow of love, but a glow of warning. The people never really speak now about the green house, except to say that wildflowers do not grow there anymore; not even wild grass graces its scenic stand. No beast or bird goes near, nor does it seem to receive the strongest sunlight on the clearest of days. Shadows of a strange shape hover around this house.

So, now, who spent the time and energy to build such a house on such a tall hill as this? People don't respond to such thoughts. A little boy once answered that the green house keeps people believing in God. The thought of visiting the green house comes to mind, yet the road follows the curve of land and goes right around the green house. Besides, the trumpet vines are in bloom.

da con varias extensiones que faltan ventanas. Pero puertas, sí hay. Las puertas son muy bajas—aún más bajas en las extensiones de la parte este, que se contrasta marcadamente con el techo alto que se asoma encima.

A primera vista, esta casa produce sonrisas porque a pesar de parecer muy privada con acceso solamente por las puertas, todo el mundo podía escuchar a través de las paredes lo que pasaba adentro. Existe sólo la ilusión de ser privado. Como la casa tuvo que dejar de crecer, la familia también tuvo que dejar de crecer. Es todo el espacio que hay en la posada, entonces la madre y el padre dejaron de tener más hijos, y regalaron a los hijos que ya tenían su amor y un cuarto individual para cada uno en esta casa tan grande. La casa verde era una casa que crecía.

Algunos dicen que aún crece. Por las noches, las contraventanas relucen de un fulgor misterioso que rezuma por las coyunturas de cuero. Sin embargo, no es la luminosidad del amor, sino de una advertencia. La gente ya no habla de la casa verde, excepto para decir que no crecen allí las flores salvajes ni la grama salvaje adorna ese sitio pintoresco. Ni fiera ni pájaro se le acerca, ni parece recibir la luz más fuerte del sol durante los días más claros. Las sombras de una forma misteriosa rondan por esta casa.

Ahora bien, se pregunta quién gastó tanto tiempo y energía en construir tal casa en una colina tan alta. Nadie responde. Una vez un muchachito dijo que la casa verde nos hace creer en Dios. Se nos ocurre visitar la casa verde, pero el camino sigue los contornos de la tierra y sólo pasa al lado de la casa verde. De todos modos, el jazmín trompeta florece ya.

The Old
Magpie-Husband's Grief

The sun rose in the morning near the Golondrina Creek to find an elderly magpie-husband and his elderly wife both making ready for the day. The old magpie-husband plumed himself carefully. He was a pride-filled bird with beautiful dark feathers with white tips. The old magpie-husband left his warm nest and flew among the trees. He spotted a lively young hen. She was filled with life and sang a fine song. The old magpie-husband decided that he would have this lively hen for his new bride. He was tired of his old wife, who hid quietly in the nest away from life.

The young hen met the old magpie-husband and found him to her liking. She agreed to marry him. The wedding was regal. All the birds of the trees brought gifts and sang. Everyone was happy except the old wife. She moved her nest under a crow's nest. The crow's nest was large and kept the rain from falling on her as she cried in her little, lonely nest.

The rain did come, as it must to sustain life. The raindrops fell on the crow's nest until it was filled with water. The drops of rain seeped down through the crow's nest and dripped on the old hen. She huddled, letting the raindrops fall on top of her as she cried in her misery. She was indeed pathetic, wet, and so very, very sad.

The crow's nest had been deserted for some time. The previous owners of the crow's nest had been hoarders of dyed yarn. There was still a fine collection of dyed yarn lining the nest. The yarn became soaked, the color leached from the cloth, and the droplets of rain that fell through the nest dripped with color. The miserably sad hen cried quietly as the colored water dripped on her faded black feathers, turn-

El dolor del viejo esposo-cotorra

Salió el sol una mañana cerca del Arroyo de la Golondrina cuando un viejo esposo-cotorra y su vieja esposa se preparaban para un nuevo día. El viejo esposo-cotorra se emplumaba cuidadosamente. Era un pájaro orgulloso con lindas plumas morenas cuyas puntas eran blancas. El viejo esposo-cotorra salió de su nido caliente y voló por los árboles. Vio una vivaz hembra-cotorra. Se le veía animada y cantaba muy bien. El viejo esposo-cotorra decidió casarse con esta cotorra-hembra vivaz. El estaba harto de su vieja esposa, quien se escondía pasivamente en el nido, lejos de la vida.

Luego, la joven hembra-cotorra conoció al viejo esposo-cotorra. A ella le gustaba al viejo y decidió casarse con él. La boda fue majestuosa. Todos los pájaros llevaron regalos y cantaron. Todos estaban contentos menos la vieja esposa. Ella colocó su nido debajo de un nido de cuervo abandonado. Como era grande la protegía de la lluvia mientras lloraba en la soledad.

La lluvia sí llegó, como debía, para sostener la vida. Las gotas de lluvia caían al nido de cuervo hasta llenarse de agua. Las gotas se escurrían por el nido de cuervo y goteaban encima de la vieja esposa. Se acurrucaba, dejando caer las gotas mientras lloraba. Estaba patética, eso sí, mojada y muy, muy triste.

El nido de cuervo había sido abandonado desde hace tiempo. Los dueños antiguos habían sido muy dados a guardar hilo fino. Todavía había una buena colección de hilo teñido que forraba el nido. El hilo se mojó, el color se destiñó y las gotitas que caían sobre su nido eran de muchos colores. La triste hembra-cotorra lloraba suavemente mientras goteaba el agua colorada sobre sus descoloridas plumas negras,

ing them all the colors of the rainbow.

The sun soon sent the rain on its way. The sun dried the moist feathers, setting the dyes of color onto the feathers that shook in misery. The sad hen tucked her head under her wing to rest from her weary crying. The old hen lifted her head in amazement, for her feathers were no longer a dull gray, but instead a fine, beautiful rainbow of brilliant color. The old hen flew out into the bright sun. Her feathers were gloriously beautiful. Birds flew around her, chirping compliments at her beauty. This gave her confidence.

The old hen flew to the nest of her husband and his new hen wife. The new hen wife glared at the old hen wife.

"Where did you get those colorful feathers?"

The old hen wife chirped out in a happy tone, "I flew into the dyer's vat at La Ciénega." The old hen wife did not stop to talk further, for she was in too good a mood.

The new wife quickly set herself to finding the dyer's vat. Tomorrow was a day of celebration, and she wanted to be beautiful for her new husband. She flew into town and found the weaver's shop. She found the yarn-dyeing room and, without stopping to look, flung herself into the nearest vat. She flew in without making sure it was not hot or cold, dark or light, colorful or plain, sticky or clear, or dye or vinegar.

The vat was scalding hot and very gritty. The new wife pulled herself out of the vat, gasping for breath. Her once fluffy feathers were horribly burned, and her eyes teared. Her sweet singing voice rasped in pain.

The old magpie-husband happened to fly by. He spied his new bride dragging herself along the ground. He swooped down.

"What has happened to you?" She lifted her head and, with what little strength she had left in her body, told him:

> The old wife hen was dyed,
> she's a nasty old cat,
> and I, your beautiful bride,
> fell into the scalding vat!

The old magpie-husband lifted his new bride up in his bill. He flapped his wings and lifted her up into the air. He flew home carrying his hurting bride. He was crossing the Río Grande in front of his new nest when the old hen wife, in her rainbow-colored feathers, called out to her old magpie-husband:

pintándolas de todos los colores del arco iris.

Pronto se escampó. El sol secó las plumas húmedas, fijando los colores de las plumas que se sacudían de tristeza. La triste hembra-cotorra se metió la cabeza debajo de su ala para descansar de su fatigante llanto. La vieja cotorra entonces alzó la cabeza, asombrada, porque sus plumas ya no eran de color gris deslustrado, sino de un lindo arco iris brillante. La vieja cotorra voló hacia el sol resplandeciente. Sus plumas eran de una hermosura gloriosa. Los pájaros la rodearon y le piaron alabanzas a su hermosura. Todo lo cual le dio confianza.

La vieja cotorra voló al nido de su esposo y su nueva esposa. La nueva esposa le lanzaba miradas feroces:

—¿De dónde sacaste esas plumas tan coloridas?

La vieja esposa pió de alegría: —Me metí en la tina del tintorero en La Ciénega—. La vieja esposa no se quedó a platicar más, pues andaba de muy buen humor.

La nueva esposa no perdió tiempo en buscar la tina del tintorero. Mañana sería día de fiesta, y quería pintarse bonita para su nuevo marido. Voló al pueblo y dio con la tienda del tejedor. Entró en la sala donde se teñía el hilo y, sin mirar, se echó a la tina más cercana. Se metió sin averiguar primero si estaba caliente o fría, oscura o clara, colorida o descolorida, pegajosa o limpia, tinta o vinagre.

La tina estaba hirviendo y arenosa. La nueva esposa se arrastró de la tina, jadeante. Sus plumas, antes blandas y suaves, ya se veían horriblemente quemadas. Se le llenaron los ojos de lágrimas. Su dulce voz se puso áspera por el dolor.

De casualidad, el viejo esposo volaba por allí. Vio a su nueva esposa arrastrándose por el suelo. Descendió súbitamente.

—¿Qué te pasó?— Ella alzó la cabeza, y con la poca energía que le quedaba, le dijo:

> La vieja esposa salió teñida,
> gata antipática, envejecida,
> y yo, tu novia resplandeciente,
> ¡me caí en la tina caliente!

El viejo esposo levantó a su nueva esposa con su pico. Batió sus alas y la alzó al aire. Voló a casa cargando a su novia doliente. Al cruzar el Río Grande frente a su nuevo nido, su vieja esposa con las plumas multicolores como arco iris le llamó:

> Old wives scramble through water and mud,
> but young wives are carried over the flood!

She then burst out in laughter.

The old magpie-husband was so angered at this remark that he opened his mouth to scold her. When he opened his mouth, however, his precious bride fell from his beak and drowned instantly in the Río Grande. The old magpie-husband was so enraged by this that he quickly picked off all of his feathers until he was bare. He perched himself in a tall tree, and on an open branch he sat crying and sobbing.

A piñon jay flying nearby stopped and clicked his tongue. "Tch, tch, tch, tch, poor old magpie-husband. What has happened to poor old magpie-husband on such a day?"

A blackbird perched nearby and asked, "Tch, tch, tch, tch, poor old magpie-husband. What has happened to poor old magpie-husband on such a day?"

A hummingbird lit on a silvery leaf and asked, "Tch, tch, tch, tch, poor old magpie-husband. What has happened to poor old magpie-husband on this day?"

A robin cocked her head on a yellow-green, budding branch and asked, "Tch, tch, tch, tch, poor old magpie-husband. What has happened to poor old magpie-husband?"

At last the old magpie-husband answered the birds:

> The ugly hen's feathers were painted,
> and my bride with jealousy was tainted.
> My pretty young hen dropped in the river and died,
> and I am lamenting the loss of my bride.
> This old magpie-husband sits bald and bare,
> crying about his loss and despair.

The purple-black piñon jay let tears fall from his eyes. He was overcome with grief. He flew over and perched himself next to the old magpie-husband and began to pull out his feathers. The blackbird, hummingbird, and robin let their heads fall. They were so saddened by this tragic story that they, too, joined the old magpie-husband and the piñon jay on the branch. All five birds sat bare on the branch, sobbing in sadness.

A buffalo came from the range to find shelter from the wind in the forest. He came upon this tree of sobbing bare birds. His concern brought about the question, "Tch, tch, tch, tch, poor old magpie-husband. What has happened to old magpie-husband?"

Esposas viejas con agua y barra luchan,
¡pero esposas jóvenes se cargan cuando se las
inundan!

Y se rio a carcajadas.

El viejo esposo se enojó tanto que abrió la boca para regañarla.
Pero al abrir su pico, su preciosa novia cayó, ahogándose instantánea-
mente en el Río Grande. El viejo esposo se enojó tanto que se picoteó
hasta desplumarse del todo y quedarse pelado. Se posó en una rama de
un árbol alto, llorando y sollozando.

Un arrendajo de piñón que volaba cerca se detuvo y cloqueó la
lengua:—Tsk, tsk, tsk, tsk, pobre viejo esposo-cotorra. ¿Qué ha pasado al pobre viejo esposo este día tan bonito?

Un mirlo se posaba cerca y preguntó: —Tsk, tsk, tsk, tsk, pobre
viejo esposo-cotorra, ¿qué ha pasado al pobre esposo-cotorra este día
tan bueno?

Un picaflor se apeó en una hoja plateada y preguntó: —Tsk, tsk,
tsk, tsk, pobre viejo esposo-cotorra. ¿Qué ha pasado al pobre viejo
esposo-cotorra hoy?

Un petirrojo posado en una rama floreciente de amarillo y verde se
inclinó la cabeza y preguntó: —Tsk, tsk, tsk, tsk, pobre viejo esposo-
cotorra. ¿Qué ha pasado al pobre viejo esposo-cotorra?

Por fin el viejo esposo les contestó:

Las plumas de la hembra fueron pintadas
Y mi novia de celos fue contaminada.
Al río la novia cayó a morir,
Ya lamento perder a mi joven mujer.
Este esposo queda pelón y pelado,
Llorando por ser tan desesperado.

Al arrendajo de piñón de color negro morado se le cayeron las
lágrimas de los ojos. Estaba sobrecogido de tristeza. Voló para sentarse
al lado del viejo esposo y empezó a desplumarse. El mirlo, el picaflor y
el petirrojo dejaron inclinar la cabeza. Estaban tan tristes por esta historia trágica que también se posaron en la rama con el viejo esposo y
el arrendajo de piñón. Los cinco se sentaban, pelados ya, en la rama,
sollozando de tristeza.

Llegó un búfalo del llano a buscar en el bosque protección del viento. Dio con ese árbol lleno de pájaros pelados y sollozantes. Su inquietud le incitó a preguntar: —Tsk, tsk, tsk, tsk, pobre viejo esposo-
cotorra. ¿Qué ha pasado al viejo esposo-cotorra?

No one could answer him, for each was too busy sobbing. The buffalo, however, would not stop asking. Finally, they all replied in unison:

> The ugly hen's feathers were painted,
> and his bride with jealousy was tainted.
> His pretty young hen dropped in the river and died,
> and he is lamenting the loss of his bride.
> This old magpie-husband sits bald and bare,
> crying about his loss and despair.

Buffaloes are very emotional creatures. This news so affected him that he could not contain himself. He pulled off his horns and threw them on the ground. The sadness entered into him. He started at first with a sigh, which turned into a wheeze, and then a sob. The sobs turned into a heaving groan. The groan became a rumbling moan that growled out from the deep soul of this saddened buffalo. The buffalo growled in such misery that his throat became very dry. Buffalo weaved his way to the river for a drink between groaning. The Río Grande asked the buffalo what was wrong. The buffalo lapped at the water and sobbed in his sadness.

The Río Grande asked again, "Tch, tch, tch, tch, poor buffalo. Why is buffalo crying today?"

The buffalo tried to speak, but his tears choked up his throat. The buffalo took a long drink and said:

> The ugly hen's feathers were painted,
> and his bride with jealousy was tainted.
> His pretty young hen dropped in the river and died,
> and he is lamenting the loss of his bride.
> The old magpie-husband sits bald and bare,
> crying about his loss and despair.
> The birds in the trees
> are all in deep grief.
> This buffalo mourns
> by casting off my horns.

The Río Grande felt the grief of the old magpie-husband, the birds in the tree, and the buffalo. The Río Grande let the grief fill every flowing ripple of its fast-moving waves. The river began to weep. It wept so that its water became salty. The water was filled with salt and

Nadie le podía contestar porque cada uno estaba sollozando. Pero el búfalo no dejó de preguntar. Por fin contestaron todos al unísono:

> Las plumas de la hembra fueron pintadas.
> Su novia de celos fue contaminada.
> Al río la novia cayó a morir,
> Ya lamenta perder a su joven mujer.
> El esposo queda pelón y pelado
> Llorando por ser tan desesperado.

Los búfalos son animales que sienten mucha emoción. Estas noticias le afectaron tanto que no se podía controlar. Se quitó los cuernos y los tiró en el suelo. Se entristeció. Al principio suspiró, luego resolló y, finalmente, sollozó. Los sollozos se conviertieron en un gruñido jadeante. El gruñido se hizo un gemido retumbante que salió de la profundidad del alma de ese búfalo entristecido. Gruñía tanto que se le secó la garganta. El búfalo fue tambaleándose hacia el río para beber entre gruñidos. El Río Grande le preguntó al búfalo cuál era el problema. El búfalo lamía el agua y sollozaba de tristeza.

Preguntó de nuevo el Río Grande: —Tsk, tsk, tsk, tsk, pobre búfalo. ¿Por qué llora el búfalo hoy?

El búfalo trató de hablar pero le ahogaban sus lágrimas. El búfalo apenas tragaba lentamente y dijo:

> Las plumas de la hembra fueron pintadas,
> la novia de celos fue contaminada.
> Al río la novia cayó a morir,
> Ya lamenta perder a su joven mujer.
> El marido queda pelón y pelado,
> llorando por ser tan desesperado.
> Los pájaros del árbol
> quedan todos penados,
> el búfalo se enluta
> por ser desencornado.

El Río Grande sintió el dolor del viejo esposo, de los pájaros y del búfalo. El Río Grande dejó que el dolor llenara cada rizo de sus rápidas ondas. El río se puso a llorar. Lloraba tanto que su agua se salificó. El agua se llenó de sal y depositó las lágrimas blancas de tristeza

left the tears of sadness white upon the banks and rocks that it touched.

A young meadowlark flew down to the river for a drink. The water was bitter with salt. The meadowlark called out to the Río Grande. "Tch, tch, tch, tch, poor Río Grande. Why are you so filled with salt?" The Río Grande pulled back its waves of despair just long enough to answer:

> The ugly hen's feathers were painted,
> and the bride with jealousy was tainted.
> His pretty young hen dropped in the river and died,
> and he is lamenting the loss of his bride.
> The old magpie-husband sits bald and bare,
> crying about his loss and despair.
> The birds in the trees
> are all in deep grief.
> The buffalo mourns
> by casting off his horns.
> The river, weeping fast,
> grows salty in sadness.

The meadowlark was overwhelmed with this news. She plucked out her right eye and flew off. Her grief and her lack of vision, as well as pain, disrupted her flying, and she fell on the doorstep of the farmer's corn shed. The farmer came out of the corn shed to see what had hit the door. There he found the poor meadowlark weeping uncontrollably in the dirt. "Tch, tch, tch, tch, poor meadowlark. What has happened to poor meadowlark?"

The meadowlark lifted her head sideways so she could see the farmer, and through her tears she spoke:

> The ugly hen's feathers were painted,
> and the bride with jealousy was tainted.
> His pretty young hen dropped in the river and died,
> and he is lamenting the loss of his bride.
> The old magpie-husband sits bald and bare,
> crying about his loss and despair.
> The birds in the trees
> are all in deep grief.
> The buffalo mourns
> by casting off his horns.
> The river, weeping fast,

en las riberas y sobre las piedras que tocaba. Una alondra voló al río para beber. El agua estaba salada. La alondra llamó al Río Grande:
—Tsk, tsk, tsk, tsk, pobre Río Grande. ¿Por qué estás tan salado?

El Río Grande detuvo sus ondas desesperadas lo suficiente para contestar:

> Las plumas de la hembra fueron pintadas,
> y la novia de celos fue contaminada.
> Al río la hembra cayó a morir,
> ya lamenta perder a su joven mujer.
> El esposo queda pelón y pelado,
> llorando por ser tan desesperado.
> Los pájaros del árbol
> quedan todos penados,
> el búfalo se enluta
> por ser desencornado.
> El río se pone tan lloroso,
> se llena de sal por el luto doloroso.

Estas noticias abrumaron a la alondra. Arrancó el ojo derecho y voló. Su tristeza y su falta de visión, igual como su dolor, le molestaban mientras volaba, y se cayó en la entrada de la choza del maizal del ranchero. El ranchero salió de la choza para ver qué era lo que había golpeado la puerta. Allí encontró a la pobre alondra, quien lloraba inconsolablemente en el suelo.

—Tsk, tsk, tsk, tsk, pobre alondra. ¿Qué le ha pasado a la pobre alondra?

La alondra inclinó la cabeza para mirar al ranchero, y entre lágrimas dijo:

> Las plumas de la hembra fueron pintadas,
> y la novia de celos fue contaminada.
> Al rio la novia cayó a morir,
> ya lamenta perder a su joven mujer.
> El esposo queda pelón y pelado,
> llorando por ser tan desesperado.
> Los pájaros del árbol
> quedan todos penados,
> el búfalo se enluta
> por ser desencornado.
> El río se pone tan lloroso,

> grows salty in sadness.
> This meadowlark with grief cries,
> blinding one of my eyes.

The farmer was astounded. He thought about each animal and the sadness that each one felt and was amazed. Whereupon, he wept and beat his breast, and when he felt that the pain was not enough, he hit his head against a tree and went completely out of his mind. The mayor's cook came out of the kitchen to see what the farmer was doing wandering around in the arroyo. She saw him yelling, screaming, and acting crazy. The cook ran to him and grabbed him by the shoulders saying, "Tch, tch, tch, tch, poor farmer. What has happened to the poor farmer?"

The farmer shook his head. He yelled and screamed. He tried to get the cook to go away. He pushed her down in the dirt and ran from her. She got up and hurried after him with concern. At last the farmer could not help himself. He told her:

> The ugly hen's feathers were painted,
> and his bride with jealousy was tainted.
> The pretty young hen dropped in the river and died,
> and he is lamenting the loss of his bride.
> The old magpie-husband sits bald and bare,
> crying about his loss and despair.
> The birds in the trees
> are all in deep grief.
> The buffalo mourns
> by casting off his horns.
> The river, weeping fast,
> grows salty in sadness.
> The meadowlark with grief cries,
> blinding one of her eyes.
> This farmer's grief is so entwined
> that I have lost my mind!

"How very sad!" said the cook. She fell upon the ground, and amongst the dirt and stones of the arroyo, she began to wail. The mayor came out of the house and stood on his portal. He listened carefully, for he was sure he heard a woman in deep pain crying out for help. He walked to the edge of the arroyo and stared down at his cook. She was covered with dirt, her face was muddy with tears and debris, and her pain was intense. He hurried down to her and kneel-

se llena de sal del luto doloroso.
Esta alondra de tristeza llora,
es una tristeza cegadora.

El ranchero quedó asombrado. Pensaba en cada animal y la tristeza que sentía cada uno. Entonces, se puso a llorar y a golpearse el pecho, y cuando sentía que el dolor no bastaba, se batió la cabeza contra un árbol y se enloqueció. La cocinera del alcalde salió de la cocina para ver qué era lo que hacía el ranchero en el arroyo. Le vio gritando y chillando como un loco. Le agarró por los hombros y dijo: —Tsk, tsk, tsk, tsk, pobre ranchero. ¿Qué le ha pasado al pobre ranchero?
El ranchero cabeceó. Gritaba y chillaba. Trató de hacer que la cocinera se fuera. La empujó al suelo y huyó de ella. Ella se paró y le siguió, preocupada por él. Por fin, el ranchero no pudo más sino decir:

Las plumas de la hembra fueron pintadas,
y la novia de celos fue contaminada.
Al río la novia cayó a morir,
ya lamenta perder a su joven mujer.
El esposo queda pelón y pelado,
llorando por ser tan desesperado.
Los pájaros del árbol
quedan todos penados,
el búfalo se enluta
por ser desencornado.
El río se pone tan lloroso,
se llena de sal del luto doloroso.
La alondra de tristeza llora,
es una tristeza cegadora.
El dolor del ranchero es tan entretejido
¡que ya me he enloquecido!

—¡Qué triste —! dijo la cocinera. Se cayó al suelo en el polvo y las piedras del arroyo y comenzó a gemir. Salió el alcalde de la casa y se detuvo en el portal. Escuchaba con atención porque estaba seguro de que había oído a una mujer doliente que gritaba por ser socorrida. Fue hasta la orilla del arroyo y vio a su cocinera. Estaba cubierta de polvo con la cara sucia de lágrimas. Su dolor era intensa. Se acercó rápidamente, se arrodilló a su lado y trató de consolarla. Pero no pudo.

ing beside her tried to comfort her. She would not be comforted.

"Tch, tch, tch, tch, poor cook. What is the matter with poor cook?"

The cook cried and wailed, unwilling to tell anything. The mayor was most concerned and urged her to tell him of her pain. At last she could not refrain:

> The ugly hen's feathers were painted,
> and his bride with jealousy was tainted.
> The pretty young hen dropped in the river and died,
> and he is lamenting the loss of his bride.
> The old magpie-husband sits bald and bare,
> crying about his loss and despair.
> The birds in the trees
> are all in deep grief.
> The buffalo mourns
> by casting off his horns.
> The river, weeping fast,
> grows salty in sadness.
> The meadowlark with grief cries,
> blinding one of her eyes.
> The farmer's grief is so entwined
> that he has lost his mind!
> This cook in my ailing
> has taken to wailing!

The mayor sat back in the arroyo. He wiped his forehead. The mayor stood up and straightened his respected vest.

"There is nothing we can do about it. What has happened has happened. Our grief will not bring back the bride magpie nor the birds' feathers nor the buffalo's horns nor the Río Grande's clear water nor the meadowlark's eye nor the farmer's mind. We must go on with our lives." The mayor walked to the portal. He skipped up and down the portal. As he skipped he took off his vest, mussed his hair, and began to twirl round and round and round and round.

His son came riding up from the corral. He watched his father. His father was a unique man, but he had never seen his father whirl round and round and round and round on the portal in the middle of the day. The son got off of his horse. He cautiously walked up to his father the mayor.

"Father, what is it that you are doing whirling round on the portal?"

The father stood erect, his face sad, his mouth puckered in a sad grin. The father squinted up his eyes and said:

—Tsk, tsk, tsk, tsk, pobre cocinera. ¿Qué tiene la pobre cocinera?

La cocinera lloraba y gemía, sin decir lo que era. El alcalde estaba muy preocupado y le pedía que le platicara de su dolor. Por fin no podía sino decir:

> Las plumas de la hembra fueron pintadas,
> y la novia de celos fue contaminada.
> Al río la novia cayó a morir,
> ya lamenta perder a su joven mujer.
> El esposo queda pelón y pelado,
> llorando por ser tan desesperado.
> Los pájaros del árbol
> quedan todos penados,
> el búfalo se enluta por ser desencornado.
> El río se pone tan lloroso,
> se llena de sal del luto doloroso.
> La alondra de tristeza llora,
> es una tristeza cegadora.
> El dolor del ranchero es tan entretejido
> que ya se ha enloquecido.
> Esta cocinera ha de sufrir,
> ¡por eso se pone a gemir!

El alcalde se sentó en el arroyo y se enjugó la frente. Se levantó y se arregló su distinguido chaleco.

—No hay nada que hacer. Lo que ha pasado ya pasó. Nuestro dolor no repondrá a la novia, ni las plumas de los pájaros, ni los cuernos del búfalo, ni el agua limpia del Río Grande, ni el ojo de la alondra, ni la cordura del ranchero. Hay que seguir viviendo.

El alcalde fue al portal y se puso a brincar de arriba para abajo. Mientras brincaba se quitó el chaleco, se desarregló el cabello y se puso a dar vueltas sin parar.

Llegó su hijo a caballo del corral. Miraba a su padre. Su padre era un hombre único, pero jamás le había visto girar y girar en el portal al mediodía. El hijo desmontó. Se acercó cuidadosamente a su padre:

—Papá, ¿qué es lo que haces aquí en el portal, dando vueltas?

El padre se puso erecto, con la cara triste y la boca arrugada de una sonrisa triste. Con los ojos medio cerrados el padre le dijo:

The ugly hen's feathers were painted,
and the bride with jealousy was tainted.
The pretty young hen dropped in the river and died,
and he is lamenting the loss of his bride.
The old magpie-husband sits bald and bare,
crying about his loss and despair.
The birds in the trees
are all in deep grief.
The buffalo mourns
by casting off his horns.
The river, weeping fast,
grows salty in sadness.
The meadowlark with grief cries,
blinding one of her eyes.
The farmer's grief is so entwined
that he has lost his mind!
The cook in her ailing
has taken to wailing!
This mayor in happiness insisting
is whirling without resisting!

The son let go of his father, the mayor. The mayor whirled round
and round and round and round across the portal. The son sat down
on the *banco*. The son turned his head this way and that and then
reached over and picked up an empty water bucket. He pounded on
the bucket, making a horrible thumping sound. The mayor's wife
came to the front door. She saw her husband whirling round and
round and round and round. She turned to find the sound and saw
her son sitting on the *banco* drumming on a bucket. She hurried over
to her son.

"Tch, tch, tch, tch, poor son. What is wrong with my poor son?"
She asked him over and over again, until at last he turned to her and
in a loud sigh said:

The ugly hen's feathers were painted,
and the bride with jealousy was tainted.
The pretty young hen dropped in the river and died,
and he is lamenting the loss of his bride.
The old magpie-husband sits bald and bare,
crying about his loss and despair.
The birds in the trees
are all in deep grief.

Las plumas de la hembra fueron pintadas,
la novia de celos fue contaminada.
Al río la novia cayó a morir,
ya lamenta perder a su joven mujer.
El esposo queda pelón y pelado,
llorando por ser tan desesperado.
Los pájaros del árbol
quedan todos penados,
El búfalo se enluta
por ser desencornado.
El río se pone tan lloroso,
se llena de sal del luto doloroso.
La alondra de tristeza llora,
es una tristeza cegadora.
El dolor del ranchero es tan entretejido
que ya se ha enloquecido.
La cocinera ha de sufrir,
por eso se pone a gemir.
¡El alcalde feliz va a insistir
en girar y girar sin resistir!

El hijo soltó a su padre. El alcalde giraba y giraba por el portal. El hijo se sentó en el banco. Giró su cabeza de un lado para otro, entonces extendió la mano y cogió un cangilón vacío. Golpeaba en el cangilón, produciendo un aporreo horrible. Llegó la esposa del alcalde por la puerta principal. Vio a su marido girando y girando. Se volteó hacia el aporreo y vio que su hijo estaba sentado en el banco, golpeando al cangilón. Se acercó al hijo.

—Tsk, tsk, tsk, tsk, pobre hijo. ¿Qué tiene mi pobre hijo—? Esto le preguntó una y otra vez hasta que al fin la enfrentó y le dijo con un gran suspiro:

Las plumas de la hembra fueron pintadas,
la novia de celos fue contaminada.
Al río la novia cayó a morir,
ya lamenta perder a su joven mujer.
El esposo queda pelón y pelado,
llorando por ser tan desesperado.
Los pájaros del árbol
quedan todos penados,

The buffalo mourns
by casting off his horns.
The river, weeping fast,
grows salty in sadness.
The meadowlark with grief cries,
blinding one of her eyes.
The farmer's grief is so entwined
that he has lost his mind!
The cook in her ailing
has taken to wailing!
The mayor in happiness insisting
is whirling without resisting!
To help in the grief that is coming,
I am keeping the feeling by drumming!

The mayor's wife stood up mournfully. She knew the pain of losing someone who is loved. She went to her husband and took his arms. They whirled and whirled, round and round and round and round, until they were too tired to stand. They fell on the *banco* next to their son, who was too tired to lift his hand. The sun moved down behind the mountains, and evening came upon the land. This was the way that the animals and people of the mountains mourned the death of the magpie's young bride!

el búfalo se enluta
por ser desencornado.
El río se pone tan lloroso,
se llena de sal del luto doloroso.
La alondra de tristeza llora,
es una tristeza cegadora.
El dolor del ranchero es tan entretejido
que ya se ha enloquecido.
La cocinera ya ha de sufrir,
por eso se pone a gemir.
El alcalde feliz va a insistir
en girar y girar sin resistir.
A quitar el dolor que va a llegar,
Mantengo el sentido por aporrear.

La esposa del alcalde se enderezó con tristeza. Conocía el dolor de perder a una persona querida. Se acercó a su marido y le abrazó. Giraban y giraban y giraban hasta cansarse sin poder quedarse de pie. Se cayeron al banco al lado de su hijo, quien estaba demasiado fatigado para levantar la mano. El sol desapareció detrás de la montaña y llegó la noche a la tierra. ¡De este modo se pusieron de luto los animales y la gente de las montañas al morirse la novia joven del esposo-cotorra!

The Kiss

A young man from Mora, New Mexico, went to California. He had a lovely mother, a hardworking father, and two smaller sisters. He did not have any money to contribute to the needs of his wonderful family, and this condition encouraged him to find work in California. He hunted for a job. Finally, he found a good job picking apples. He worked very hard for an apple farmer. Every day he was up at dawn, and he worked until sundown. The apple farmer appreciated this hard worker. At Thanksgiving, the apple farmer invited the apple picker from Mora to come to his table for dinner. The young man accepted.

The young man from Mora was dressed very nicely in a new suit. He was met at the door by the apple farmer's wife. The family was introduced to him, and he was asked to sit next to the apple farmer's daughter. This daughter was very beautiful. She liked the young man from Mora. The young man from Mora liked the beautiful daughter. The dinner was very good, and the night grew late. The young man from Mora thanked them for the delicious dinner and went back to his bed in the apple shed.

The young man from Mora thought about this beautiful daughter all the time. He climbed apple trees a little higher just to see her through the window. He didn't say a word to anyone; he just worked.

Soon the weather became crisp in the evenings. The apple crop was ripe in all six orchards. The apple farmer called his family out to help pick apples.

The young man from Mora happened to be on a ladder dropping apples into the sheet that was tied around this particular tree. The apple farmer and his beautiful daughter were picking the apples off the sheet and putting them in bushel baskets.

El beso

Un joven de Mora, Nuevo México, fue a California. Tenía una madre encantadora, un padre muy trabajador y dos hermanitas. Como no tenía dinero para ayudar a su digna familia, decidió ir a California en busca de trabajo. Buscaba y buscaba. Por fin consiguió un buen trabajo: recogía manzanas. Trabajaba duro para el dueño. Cada día se levantaba con el sol y trabajaba hasta el anochecer. El dueño estimaba a este trabajador tan diligente. El Día de las Gracias el ranchero le invitó al obrero de Mora a comer con su familia. El joven aceptó la invitación.

El joven de Mora se puso un traje nuevo. La esposa del dueño le saludó en la puerta. Conoció a la familia y se sentó al lado de la hija del dueño. La hija era muy hermosa, y le gustaba al joven de Mora, igual como el joven de Mora la gustaba a ella. La comida era rica, y pronto se hizo tarde. El joven de Mora les agradeció por la sabrosa comida, y se retiró a su cama en la choza del manzanal.

Todo el tiempo el joven de Mora pensaba en la hermosa hija. Subía en lo más alto de los manzanos para poder verla en la ventana. No hablaba con nadie; sólo trabajaba.

Pronto empezó a hacer frío en las tardes. Las manzanas ya estaban maduras en las seis huertas. El dueño mandó a su familia a recoger las manzanas.

El joven de Mora se encontró en una escalera, dejando rodar las manzanas por una sábana atada abajo al árbol. El dueño y su hermosa hija recogían las manzanas de la sábana y las ponían en las cestas.

Suddenly, the young man from Mora climbed down the tree, clicking his tongue. "I cannot work for you!! You spend all your time kissing your daughter!! I cannot work for a man who does such things in public, and with me a stranger!!"

The young man jumped from the ladder and started to walk away. The apple farmer took hold of the young man's arm.

"What? What are you talking about? I am not kissing my daughter!! We are putting the apples in the bushel baskets!!" The apple picker from Mora insisted on what he saw.

The apple farmer decided that he should see this for himself. The apple farmer climbed to the top of the ladder. He peered down through the apple tree branches and gasped. The young man from Mora appeared to be kissing his daughter over and over again.

The apple farmer called down, "You are right! It is true!" The apple farmer climbed down the ladder.

The work proved profitable, and the family was most pleased with the apple picker from Mora. And he now kisses the daughter. At least he did on their wedding day last year!

De repente, el joven de Mora bajó del árbol, cloqueando como una gallina: —¡Ya no puedo trabajar para usted! ¡Usted pasa todo el tiempo besando a su hija! No puedo trabajar para un hombre que se porta de tal manera—y yo, un foráneo, ¡viéndolo!

El joven brincó de la escalera y se puso a marcharse. El dueño lo detuvo:

—¿Qué? ¿Qué dices? ¿Yo, besando a mi hija? Estamos poniendo las manzanas en las cestas.

Pero el joven de Mora insistió en lo que había visto, de modo que el dueño quiso verlo él mismo. Subió la escalera, escudriñó por las ramas del manzano y boqueó. Parecía que el joven de Mora daba beso tras beso a su hija.

—¡Tiene razón! ¡Es la verdad—! le gritó el ranchero. Y se bajó de la escalera.

El trabajo salió provechoso, y la familia estaba contenta con el cosechero de Mora. Y éste ya besa a la hija. ¡Por lo menos lo hizo el día de su boda el año pasado!

The Spanish Sword

In Cádiz, Spain, lived a grandfather of great talent. He forged the finest swords in all the land. His swords were used by the king himself only at celebrations. The grandfather did not pride himself on the designs, nor on the weight of the swords. He was proud of the strength in each sword that he made.

This grandfather was not paid well. This was at a time when Spain was filled with the very, very, very rich and the very, very, very poor. The rich spat upon the poor, and the poor made do with the spit. That was the way of life.

The grandson of this fine swordmaker was chosen to go to New Spain and be a soldier of the conquistadors. The grandson was fourteen years of age, strong, wise with his grandfather's teachings, and eager to leave the country of limited future.

The grandfather was worried. His grandson was fourteen, small in stature, and too eager to please. The grandfather set to work. He worked for five weeks on this special sword for his grandson, who was the last surviving member of his family. The sixth week he took the sword to Madrid, Spain. It was a long trip, but the grandfather knew that the only thing missing from this fine sword was the blessing of the high priest of Spain.

The grandfather stood in line all day. He patiently polished the sword as he waited. The high priest saw the man with the fine sword and was sure that the sword was for him. The grandfather's turn to be blessed finally came. The high priest put out his hand to take the sword as a gift. The grandfather recoiled and told the high priest that

La espada española

En Cádiz, España, vivía un abuelo de gran talento. Forjaba las mejores espadas en todo el país. El mismo rey las encargaba, pero sólo para eventos especiales. Al abuelo no le preocupaban los diseños ni el peso de las espadas; lo que le daba orgullo era la fuerza de cada espada que hacía.

Pero no le pagaban bien al abuelo. Eran tiempos aquellos cuando España gozaba de mucha gente rica y mucha gente pobre. Los ricos escupían en los pobres, y los pobres se arreglaban con el escupitajo. Así era la vida.

El nieto de ese buen espadero fue escogido a ir a Nueva España para ser soldado con los conquistadores. Tenía catorce años de edad, era fuerte, sabio de las enseñanzas de su abuelo y ansioso de salir del país, cuyo futuro era limitado.

El abuelo estaba preocupado. Su nieto sólo tenía catorce años, era bajo de estatura y demasiado complaciente. El abuelo se puso a trabajar. En cinco semanas terminó de hacer una espada especial para su nieto, el último heredero vivo. La siguiente semana llevó la espada a Madrid. Era un viaje largo, pero el abuelo sabía que lo único que faltaba esta buena espada era la bendición del sumo sacerdote de España.

El abuelo estuvo haciendo cola todo el día. Pulía la espada con paciencia mientras esperaba. El sumo sacerdote vio al hombre con la fina espada y estaba seguro de que era para él. Finalmente llegó el turno del abuelo para recibir la bendición. El sumo sacerdote extendió la mano para recibir la espada como regalo. El abuelo retrocedió y le

this sword needed to be blessed before it could be given away.

The high priest's eyes sparkled. "Yes, this sword shall be the swiftest, mightiest sword blessed by God. It shall hold the power to defeat the devil regardless of the devil's strength! He who holds this sword shall have the power of God, the angels, and the saints with him!"

"Bless you, kind sir," said the grandfather.

The high priest reached out for the sword, but it was gone and so was the grandfather.

The grandfather made it back to Cádiz just in time to give the wrapped sword to his grandson as he walked up the plank to board the ship. The grandfather was proud of his grandson. The grandfather hugged his grandson. "This sword is a gift from God and me. The gift of life as known in tradition is in this sword as well as the strength of our love." The grandson was proud to have such a gift. They parted as men.

The grandson was one of the few who survived the journey by ship to Puerto Rico and then to Mexico. The soldier moved up to El Paso del Norte on horseback. There the soldiers were given a captain to follow and duties to perform with their unit.

The grandson was to go north with this unit to a place called El Campo del Norte. They rode northwest for many days. Each night a sentinel was on guard, watching for Indians. Each night the wind blew. The captain told the men to watch, for each night that passed was one of danger.

The grandson was left to guard on one particular night. He looked out at the flat plains in the cold, crisp, moonlit night. He grew very weary. He sat down on his metal shield and leaned against a scrub cedar bush. He was very tired, and it was very cold. He fell asleep.

A wind blew against the back of his neck. It was a hot wind, a sticky wind, a wind that stank. It awakened him. He opened his eyes. It was still dark. The men were sound asleep. The wind continued to blow, getting hotter. He turned and saw behind him the devil!

The devil was larger than anything he could have ever imagined. The devil's mouth was opening, and his tongue was slowly moving forward with a horrid sticky slime on it that held the bones of dead men.

In one movement, so fast that it could not be believed, the grandson lifted his sword. His sword flew with his hand and severed the head of the devil in one slice. A horrible, earthshaking scream followed. The soldiers jumped up, grabbing weapons. They looked to see the devil's head disappear behind the flat plains of New Mexico. The cap-

dijo al sumo sacerdote que había que bendecir la espada antes de poder regalarla.

Los ojos del sumo sacerdote brillaban.

—Sí, esta espada será la más ágil y fuerte que bendiga Dios. ¡Tendrá el poder de vencer al peor diablo! ¡El que empuña esta espada tendrá consigo el poder de Dios, de los ángeles y de los santos!

—Bendito sea usted, muy señor mío— dijo el abuelo.

Cuando el sumo sacerdote extendió la mano para recibir la espada, ya se había ido el abuelo con ella.

El abuelo llegó a Cádiz para regalar la espada, envuelta en una funda, a su nieto cuando justo se prestaba para embarcar. Orgulloso de su nieto, el abuelo le abrazó.

—Esta espada es un regalo de Dios y de mí. El regalo de la vida según la tradición está representada por esta espada, como también la fuerza de nuestro amor.

El nieto estaba orgulloso de recibir tal regalo. Hombres los dos, se separaron.

El nieto fue uno de los pocos que sobrevivió el viaje marítimo a Puerto Rico y luego a México; como soldado, viajó a El Paso del Norte a caballo. Allí se les asignó a los soldados un capitán que dirigía la cuadrilla.

El nieto debió viajar con la cuadrilla hacia el norte a un lugar que se llamaba El Campo del Norte. Cabalgaron hacia el noroeste durante muchos días. Cada noche se turnaban de guardia, velando por los indios. Cada noche el viento soplaba. El capitán les había ordenado a vigilar de noche, porque era peligrosa.

Una noche le tocó al nieto. Miraba los llanos en la frescura de la noche iluminada por la luna. Empezó a cansarse. Se sentó en su escudero y se apoyó contra un arbusto de cedro. Estaba muy fatigado y hacía mucho frío. Se durmió.

Le sopló un viento en la nuca. Era un viento caliente y pegajoso; era un viento que hedía. Se despertó y abrió los ojos. Todavía estaba oscuro. Los hombres estaban bien dormidos. El viento, que seguía soplando, se calentaba más. Volteó y lo vio: ¡El Diablo!

El Diablo era más grande de lo que él podía haberse imaginado. La boca del Diablo se abría y su lengua se extendía lentamente, cubierta de un horrible fango viscoso que contenía los huesos de hombres muertos.

Con un solo movimiento, tan rápido que no se vio, el nieto empuñó su espada. Voló la espada y cortó la cabeza del Diablo en una sola rebanada. Se oyó un horrible chillido ensordecedor. Se levantaron los soldados, agarrando sus armas. Vieron desaparecer la cabeza del Diablo detrás de los llanos de Nuevo México. El capitán quedó asom-

tain was amazed at the strength of this young soldier. He awarded the grandson the honor of riding beside the honorable captain.

Today, if you drive from Bernalillo to Cuba, New Mexico, you can see El Cabezón, the large bust of the devil that has no head. The neck raises itself up every morning, waiting for the head to roll back on.

brado por la fuerza del joven soldado. Le confirió el honor de cabalgar al lado del honorable capitán.

Hoy, yendo de Bernalillo a Cuba, Nuevo México, se puede ver El Cabezón, el gran busto del Diablo que no tiene cabeza. El cuello se alza cada mañana, esperando que la cabeza vuelva a su lugar.

Josefita

"Grandmother, you are ill. You should have called me. Vincente called you from town. Grandmother, you are very ill. Why do you wish to speak to me?"

"To remember, my child. To remember with you. Hush, I have something that you must remember. Remember, tell your children the story of their great-grandmother. . . .

"When I was very young, fifteen, I begged Papa to let me go with them to the church. They were going to meet the soldiers. They were going to decorate the church. It was to be beautiful! Papa was a general in our colony. He had many Indians working for him. Papa helped the Indians, for he said we could learn from them how to tame this wild land.

"Other guards were from Spain. They would ride across Papa's land at night and shoot the Indians. They said that Papa was a traitor to Spain for being friendly with the Indians. Papa told them to get off his land or die. The guards raced their horses back to Zuñi and spoke with the commanding general.

"Papa let me go with him to the church. We stopped the wagons in front of the church and were unloading baskets of food and decorations that we had made at home. It was a cold day with a clear blue sky and very little snow on the ground. The birds flew high overhead, calling out to us that it was much warmer to the south.

"I followed my two sisters to the church. Papa was bringing baskets in with my brothers. Our Indian helpers were in the wagon lifting out the baskets and placing them on the ground next to the wagon. I was walking through the portal to the front doors of the church when

Josefita

—Abuela, estás enferma. Me hubieras llamado. Vicente te llamó del pueblo. Abuela, estás muy enferma. ¿Porqué querías hablar conmigo?

—Para recordar, mi hija. Para recordar contigo. Quieta. Tengo algo que debes recordar. No olvides, diles a tus hijos la historia de su bisabuela. . . .

Cuando era muy joven, tenía quince años, le rogaba a Papá dejarme ir con ellos a la iglesia. Iban a ver a los soldados. Iban para decorar la iglesia. ¡Iba a ser magnífico! Papá era un general de nuestra colonia. Muchos indios trabajaban para él. Papa les ayudaba, diciendo que podíamos aprender de ellos cómo domar esta tierra salvaje.

Otros guardias eran de España. Cabalgaban de noche por los terrenos de Papá y mataban a tiros a los indios. Decían que Papá era traidor de España por ser amigo de los indios. Papá les dijo que se fueran o morirían. Los guardias galopaban hasta Zuñi para hablar con el comandante.

Papá me dejó acompañarle a la iglesia. Nos detuvimos frente a la iglesia y descargamos las canastas de comida y las decoraciones que habíamos hecho en casa. Hacía frío pero se veía un cielo azul claro y había caído poca nieve. Los pájaros volaban en lo alto, llamándonos para decir que hacía mucho más calor hacia el sur.

Seguí a mis dos hermanas a la iglesia. Papá traía las canastas con mis hermanos. Nuestros ayudantes indígenas estaban en la carreta, sacando las canastas para colocarlas en el suelo al lado de la carreta. Yo atravesaba el portal para llegar a las puertas principales de la iglesia cuando sonó el primer tiro.

the first shot rang out.

"Spanish guards galloped their horses to the portal. They called
out to Papa. My brother ran to the wagon and was starting to get into
the wagon. He tried to push my Indian maid down in the back of the
wagon. Another shot rang out, and my Indian maid fell from the
wagon. I screamed. Papa dropped his basket, caught me in his arms,
and carried me into the church.

"The double doors of the church banged open. Horses galloped into
the main room of the sacred church. Papa took my chin in his hand.
'Get out of here, run for your life, and do not turn back. Run and
save yourself. Promise, daughter, promise me!' I saw the strength in
his eyes. 'I promise, Papa.'

"He let go of me, yelling, 'Go, go with God!' I turned and ran
down the church pew to the altar. Shots rang out in all directions. I
did not turn but ran straight to the altar for a way out. My papa was
yelling at the soldiers. He had no weapons, for he would not take a
weapon into the house of God. My oldest sister, running ahead of me,
fell screaming. Blood squirted out of her back. I ran jumping over
her, running for the altar. Shots continued to ring out all around me.
I ran half falling, half stumbling, with tears in my eyes and my breath
burning in my throat. I ran to the altar.

"My heavy leather boots echoed as they hit the stone floor. My
long brown braids hit hard against my back as I ran, and my long
leather skirt flapped around my legs, but I ran. I ran to the altar, dove
under the altar cloth, grabbed for the handle on the trapdoor, and
dove into the secret passage under the altar. Holes appeared in the
altar cloth as I slid down and closed the door behind me.

"My tight, white riding blouse was torn on the sleeve, and my
leather vest pulled as I reached down for the next level to another
door handle. I could still smell my father's tobacco and see his deep
brown eyes looking into mine as I fumbled with the door. I was now
in the sacristy.

"It was dark. There were no windows, and the opposite door was
closed. I stumbled for the door that would lead to the hall, when I
heard a moan. I knelt down, and there on the floor were three or four
bodies of our Indian servants. One was trying to get to the door.

"His hand grabbed at my long sleeve. I reached for his arm and
helped him to stand. He lurched for the door, pulled it open, and fell
out into the hall. A sound screamed out, his head jerked toward me,
and his right eye flew out of his head and fell behind us. His body
slowly collapsed, and finally he was on his knees. He fell face forward
into a pool of his own blood.

Los guardias españoles cabalgaron hacia el portal. Le gritaron a mi papá. Mi hermano corrió a la carreta, queriendo meterse adentro. Trató de empujar al fondo de la carreta a mi servienta, una india. Sonó otro tiro y ella se cayó de la carreta. Yo grité. Papá dejó caer su canasta, me levantó en sus brazos y me cargó a la iglesia.

Las puertas dobles de la iglesia se abrieron de un golpe. Los caballos entraron a galope en la sala principal de la sagrada iglesia. Papá me tomó por la barbilla: —Sal de aquí, córrete para salvar tu vida. No vuelvas. Sálvate. ¡Promételo, mi hija, promételo—! Vi la fuerza en los ojos.

—Te prometo, Papá.

Me soltó, gritando: —Vete, vete con Dios.

Me volteé y corrí a lo largo del banco hacia el altar. Resonaron tiros por todos lados. No miré sino corrí directamente al altar, buscando una salida. Mi papá les gritaba a los soldados. No tenía arma, porque nunca portaba armas en la casa de Dios. Mi hermana mayor, que corría delante de mí, se cayó, chillando. Sangre brotaba de su espalda. Brincando por encima de ella, corrí hacia el altar. Seguían resonando los tiros alrededor. Corría, medio cayéndome, medio tropezando, con lágrimas en los ojos y el aliento ardiéndome la garganta. Corría para llegar al altar.

Mis pesadas botas de cuero reverberaron al dar con el suelo de piedra. Mis largas trenzas castañas me daban bofetadas en la espalda mientras corría, y mi falda larga de cuero me batía por las piernas— pero corría. Corrí al altar, me metí debajo del paño del altar, agarré el asa de la trampa y me bajé al pasillo secreto debajo del altar. Aparecían huecos en el paño del altar mientras me deslizaba hacia abajo y cerré la puerta.

Tenía rota la manga de mi apretada blusa blanca de montar, y mi chaleco de cuero me apretaba mientras alcanzaba a otra asa para seguir bajando a otro nivel. Todavía podía oler el tabaco de mi padre e imaginar sus profundos ojos marrones mirándome mientras trataba desmañadamente de abrir la puerta. Ahora estaría en la sacristía.

Estaba oscura. No había ventanas y la puerta en frente estaba cerrada. Tropezaba hacia ella, la que me llevaría al vestíbulo. De repente oí un gemido. Me arrodillé y, allí en el suelo, me topé con tres o cuatro cuerpos de nuestros servientes. Uno trataba de alcanzar la puerta.

Su mano agarraba mi manga larga. Agarré su brazo y le ayudé a pararse. Dio tumbos hacia la puerta, la abrió, y se cayó en el pasillo. Se oyó un chillido, la cabeza se sacudió y su ojo derecho voló de la cabeza, cayéndose detrás de nosotros. Lentamente se derrumbaba su cuerpo, cayéndose de rodillas y la cara ahogándose en un charco du su propia sangre.

"I could not speak or scream. I stood feeling his pain, feeling his life leave him, wanting to do something but unable to move. The door fell shut. I stood in the darkness with bodies all around me. I had to think. I had to find a way out of here. Then I remembered.

"I crawled back into the secret tunnel. I moved slowly so that my boots would not make a sound on the stone stairs. I inched upward instead of down, and finally I found the panel that I had hoped to reach.

"I knocked softly on the wall. It was hollow, and there was no response. I pushed hard on the adobe wall. The leather and wood base swung open on its leather hinges. I was in the choir room upstairs where the choir robes hung neatly washed and ironed in the clean, whitewashed closet.

"There were voices calling outside. Shots were still being fired. I decided to stay in the closet until the guards went away. I lifted my leather skirt and stepped over the boxes on the floor of the closet.

"On the floor were the hymnals, prayer books, and the folded napkins that the priest used. The priest. The priest had to be somewhere in this building. Surely they would not hurt the priest! I let my weight fall against the inside closet wall. It moved.

"The wall opened. It was the same wall that I had used to get into this room. I stepped onto the stairs, closed the panel behind me, and slowly descended to a room that had a curtain hanging over the stair entrance. I peered around it. There was no one. I crawled on all fours to an open window over the church courtyard.

"I lifted my head to see the courtyard. In full view was my father's Indian guard Gregorio holding the priest. Gregorio held a sharp knife to the priest's throat. My God, an Indian worker of my father's was using the priest as a hostage.

"They were walking away from me. Ever so slowly, I lifted up and put my leg out the window. I fell out of the window, landing on all fours, and crept up behind Gregorio. I jumped him from behind. He was much stronger than I. He brushed me off with a warning, 'Leave me be, or I will kill the priest!'

"At first I thought he was speaking to me, then I saw them. There were about ten Spanish soldiers with their rifles trained on Gregorio. Gregorio turned his head and spoke softly, 'Get on the other side of the priest. Hold him for me. He will be shot if we let go of him. We'll be shot if we split up. Right now they are confused. Stay close!'

"His forceful words brought me to my feet and to the priest's side. The priest spoke under his breath, 'Bless you, my child.' I responded with the same. We backed out of the courtyard to some horses that

No podía hablar ni gritar. Permanecía allí, sintiendo su dolor, sintiéndolo morir, queriendo hacer algo pero sin poder moverme. Se cerró la puerta. Quedaba yo de pie en la oscuridad, rodeada de cadáveres. Tenía que pensar. Tenía que encontrar una salida.

Entonces se me vino la idea de arrastrarme por el túnel secreto. Me movía lentamente para que no sonaran mis botas en la escalera de piedra. Avanzaba hacia arriba en vez de abajo, y por fin di con el muro que esperaba alcanzar.

Golpeé suavemente la pared. Estaba hueca y no hubo respuesta. Empujé con fuerza la pared de adobe. La base de cuero y madera se abrió fácilmente por las coyunturas de cuero. Me hallé arriba en el coro donde los trajes del coro se colgaban ordenadamente, lavados y planchados, en el blanqueado ropero limpio.

Se oían voces afuera. También tiros. Decidí quedarme en el ropero hasta que se fueran los guardias. Alcé mi falda de cuero y caminé entre las cajas en el ropero.

En el piso estaban los himnarios, los misales y las servilletas dobladas que utilizaba el cura. El cura. El cura tenía que estar en alguna parte de este edificio. ¡Seguramente no harían daño al cura! Me dejé tumbar contra la pared interior del ropero. Se movió.

Se abrió la pared. Era la misma entrada por la que yo había pasado para entrar en este lugar. Pasé a la escalera, cerré la pared y lentamente bajé a una sala que tenía una cortina colgada sobre la entrada de la escalera. Miré por todas partes. No había nadie. Seguí a gatas hasta una ventana abierta que daba al patio de la iglesia.

Alcé la cabeza para ver. En plena vista estaba el guardia indio de mi padre, Gregorio, cargando al cura. Gregorio ponía una navaja aguda contra la garganta del cura. Dios mío, ¡un obrero indio de mi padre tenía como rehén al cura!

Iban saliendo. Despacito me levantaba y saqué la pierna por la ventana. Me caí de la ventana, aterrizándome agachada, y me acerqué a hurtadillas detrás de Gregorio. Me lancé sobre él. Era mucho más fuerte que yo. Me empujó con la mano, amenazándome: —Déjeme; si no, ¡mataré al cura!

Al principio creía que me hablaba a mí, pero entonces los vi. Unos diez soldados españoles apuntaban a Gregorio con sus fusiles. Gregorio volteó y me dijo en voz baja:

—Ponte al otro lado del cura. Apóyamelo. Lo matarán a tiros si lo soltamos. Nos matarán si nos separamos. Están confundidos en este momento. ¡No te alejes!

Sus palabras enérgicas me hicieron enderezarme y acudir al cura. El cura dijo entre dientes: —Dios te bendiga, mi hija—. Respondí de la misma manera. Salimos del patio por atrás para llegar a unos caballos

belonged to the servants of Papa. Gregorio lifted the priest onto the horse and quickly mounted behind him with the knife still at the priest's throat.

"Gregorio then reached down with his other hand and pulled me up sideways into his lap. He kicked the horse, and the three of us trotted away. The priest reached out and grabbed the bridle of another horse, and we galloped out of sight. The guards were shouting for instructions, whirling their horses around, yelling for the general. We traveled west at a fast gallop.

"When we were well out of sight, the priest pulled our horse to a stop. He leaned over and mounted the horse he had led. Gregorio moved up to the saddle as I held on behind. We rode to the south-west. Soon we heard shouting off in the distance and guns fired.

"Gregorio called out to the priest, and we turned the horses west. We rode to a small adobe shack in a field. Gregorio got off his horse. He told me to dismount and hold the horses. The priest went with Gregorio into the shack. Gregorio soon came out alone. He asked me to follow him.

"On the floor in the shack lay the priest. He had been knocked out cold. Gregorio shoved me against the wall. I started to cry. Gregorio pulled off the priest's robe and pulled it over my head. The priest had on pants and a shirt just like other men! Gregorio laughed when he saw my expression. 'Come on, let's go. This will give the priest some time. They will think that he is just another innocent Spaniard and leave him alone. Let's go.'

"We hurried outside. The priest's robe was uncomfortable over my own clothes. My hair blew in my face, and the clouds were moving in with dark, heavy moisture. Gregorio and I galloped and loped our horses until dark. We camped near a marsh with tall cottonwood trees.

"Gregorio said nothing. He watched from the small hill. He paced back and forth, waiting. I pulled off the priest's robe. I washed my face in the marsh. I hardly knew this man, yet he had saved my life and possibly that of the priest. He was very courageous and thought-ful. I sat down wishing for a warm fire. My papa was probably dead. My family was probably dead. All of the nuns were probably dead. The life I loved was gone. I sat there in the darkness and wanted to cry, but I couldn't. I wanted to feel the sadness, but I felt nothing.

"Gregorio woke me as I shivered in the darkness. 'Grab the priest's robe and let's go. It is time to move.' I didn't hesitate this time to pull on that heavy robe. It was warm. It was something safe. I mounted the horse which now seemed a stranger to me. We trotted, loped, then

que pertenecían a los servientes de mi papá. Gregorio le puso al cura sobre el caballo y subió detrás de él con la navaja aún contra la garganta del cura.

Entonces Gregorio me alcanzó con la otra mano y me levantó, poniéndome delante. Le dio al caballo con sus espuelas, y los tres salimos a trote. El cura agarró las riendas de otro caballo, y salimos a galope hasta que nos perdieron de vista. Los guardias pedían órdenes, daban vueltas con sus caballos y gritaban por el general. Seguimos a todo dar hacia el oeste.

Cuando estuvimos fuera de vista, el cura frenó a nuestro caballo. Alcanzó montar el otro caballo que traía. Gregorio se sentó en la montura mientras yo le agarraba atrás. Cabalgamos hacia el suroeste. Pronto oímos gritos en la distancia y el sonido de fusiles.

Gregorio advirtió al cura, y nos dirigimos hacia el oeste. Llegamos a una pequeña choza de adobe en medio del campo. Gregorio desmontó. Me mandó desmontar y retener a los caballos. El cura entró con Gregorio en la choza. Al rato Gregorio salió solo. Me pidió seguirle.

El cura estaba tirado en el suelo. Estaba inconsciente. Gregorio me empujó contra la pared. Empecé a llorar. Gregorio se le quitó la túnica al cura y me la puso. ¡El cura llevaba pantalón y camisa igual que los hombres seglares! Gregorio se rio al notar mi reacción.

—Ya, vámonos. Esto le dará tiempo al cura. Pensarán que es solamente otro español inocente y lo dejarán. Vámonos.

Nos apuramos. La túnica del cura me era incómoda sobre mi propia ropa. Mi cabello volaba en mi cara y las nubes nos acercaban con su pesada humedad oscura. Gregorio y yo galopamos hasta la noche. Acampamos cerca de un pantano con álamos altos.

Gregorio no decía nada. Vigilaba desde un cerro bajo. Caminaba de arriba para abajo, esperando. Me quité la túnica del cura. Me lavé la cara. Apenas conocía a este hombre, pero me había salvado la vida y tal vez la del cura. Tenía coraje y era solícito. Me senté, queriendo calentarme con un fuego. Probablemente mi papá estaba muerto. Probablemente mi familia estaba muerta. Probablemente todas las monjas estaban muertas. La vida que amaba ya no existía. Sentada en la oscuridad tenía ganas de llorar, pero no pude. Quería sentir la tristeza, pero no sentía nada.

Gregorio me despertó mientras temblaba yo en la oscuridad.

—Agarra la túnica del cura y vámonos. Ya es hora.

Esta vez no vacilé en ponerme esa túnica gruesa. Me calentaba. Me daba seguridad. El caballo me era extraño ahora. Ibamos primero a

galloped to the north.

"We rode hard well into mid-morning. My legs were numb as the cold wind chilled my body. Gregorio would sing every now and then. His voice was choppy. Some songs he sang sounded like Indian chants and others sounded like church hymns. We rode to a village.

"Gregorio rode to an adobe house on the far west side of the Indian village. He dismounted without a word to me. He ran into the house and returned with two men and a woman. They helped me dismount, carrying me into the house and to a bed of blankets in a back room. I lay back and fell fast asleep.

"Somewhere shots fired while I slept. I remember sitting up when I heard them, but someone next to me pushed me down and covered me with a blanket. It was warm and safe, and I slept.

"Then there was the delicious aroma of food. Hot beans cooking with chile brought my senses awake. I stumbled for my boots, pulled on my skirt and ripped blouse, and walked into a kitchen filled with Indian people. Gregorio was not there. I tried to speak to them, but they shook their heads and ignored me.

"I went back to the bed. A woman came in and brought me a bowl of beans and chile. She handed me a flat tortilla and smiled. I do not know what she said, but she was kind, her smile thoughtful. She was a friend. I ate the food and returned the bowl to the kitchen. The woman who had brought me the food took the wooden bowl from my hand, led me outside, and pointed to a mud *banco* beside a building. I sat down and let the sun warm my fears.

"Three days passed before Gregorio returned. He returned wounded with the priest. The priest had been whipped and was unable to speak or move. The Indian people took him to another house. This house was underground and had a ladder. Gregorio was put in my wooden bed. His wound was cleaned with yucca soap and willow root. He slept for two days. I slept on the floor beside him. It was bitter cold.

"Gregorio sat up in the middle of the night. He called me to him. 'It is bad out here. Many have been killed. Your brother was wounded and somehow got away on a horse. No one knows where he is or if he is still alive. I pray that he is well, for he was a good friend. Your father and sisters were killed. They were burned in the church. The guards burned the church to the ground with all the dead still inside. The guards were called to Santa Fe, but many of them have scattered. They have tasted the power of killing, and they are still hungry.'

"Gregorio pulled me to sit on the bed with him. 'It is by the grace

trote, luego a medio galope y, después, a galope tendido hacia el norte.

Cabalgamos seguidamente casi toda la mañana. Ya no sentía las piernas por el frío, pues el viento frío me congelaba. A ratos, Gregorio cantaba. Tenía la voz cortada. Algunas canciones parecían cantos indígenas y otras parecían himnos sacros. Cabalgamos a un pueblo.

Llegamos a una casa de adobe al extremo del lado oeste del pueblo indio. Desmontó sin decirme ni una palabra. Corrió a la casa y volvió con dos hombres y una mujer. Me ayudaron a desmontar, cargándome a la casa donde me esperaba una cama de mantas en un cuarto de atrás. Me acosté y me dormí profundamente.

En alguna parte sonaron tiros mientras dormía. Me acuerdo que me levanté al oírlos, pero alguien a mi lado me hizo acostar de nuevo y me cubrió con una manta. Abrigada y segura, me dormí otra vez.

Después me llegó el olor rico de comida. Los frijoles calientes cocinados con chile me despertaron los sentidos. Busqué a tientas mis botas, me puse la falda y mi blusa rota y entré en una cocina llena de indios. Gregorio no estaba. Intenté hablarles, pero cabecearon, ignorándome.

Regresé a la cama. Entró una mujer con un tazón de frijoles y chile. Me dio una tortilla y me sonrió. No sé qué me dijo, pero era bondadosa, su sonrisa solícita. Era una amiga. Después de comer, llevé el tazón a la cocina. La mujer que me había llevado la comida tomó el tazón de madera de mi mano, me tomó por el brazo y me llevó afuera. Señaló a un banco de barro al lado de un edificio. Me senté y dejé que el sol ahuyentara mis temores.

Después de tres días regresó Gregorio. Herido, regresó con el cura a quien le había azotado; no podía hablar ni moverse. Los indios le llevaron a otra casa. Esta casa estaba debajo de la tierra y tenía una escalera. Le pusieron a Gregorio en mi cama de madera. Limpiaron su herida con jabón de yuca y raíz de sauce. Durmió dos días. Yo dormía en el suelo a su lado. Hacía un frío espantoso.

A medianoche Gregorio se levantó. Me llamó a su lado.

—La situación es horrenda. Muchos han muerto. Tu hermano fue herido y, de alguna manera, se escapó a caballo. Nadie sabe dónde está ni si aún está vivo. Rezo por él, porque era un buen amigo. Mataron a tu padre y a tus hermanas. Se los quemaron en la iglesia. Los guardias arrasaron la iglesia con fuego con todos los cadáveres adentro. Los guardias fueron llamados a Santa Fe, pero muchos se han dispersado. Han saboreado el poder de matar, y aún tienen hambre.

Gregorio me jaló para sentarme en la cama con él.

of God that you and I are still alive. The priest will be made whole by the magic of the medicine men in the kiva. We must wait here at my sister's home until time passes.'

"We waited. We waited several mornings. One morning, as the sun rose in the sky, chanting began in the kiva. By mid-day the chanting had turned into a dance in the village plaza. Before the setting of the sun, a feast had been laid out on blankets in the snow all around the kiva. The chanting stopped, and up from the ladder came the priest.

"He wore his robe that I had once worn. It was clean and pressed. His face was solemn and his hair pulled back. He walked across the top of the kiva to Gregorio. He limped with his left leg. The priest turned when he stood next to Gregorio. 'God is with you, my children. God is with you, and He blesses you this day of holy days. For you are the healers of hope!'

"The priest then leaned against Gregorio, who helped him to sit on a blanket. We sat together and ate with all of those in the village. It was cold, but the warm blankets and delicious food helped. There were no fires, for the fires would bring the unwanted.

"By sunrise the next day, the priest was gone. He was going back to Mexico to report what had happened. I have never entered another church. I have never spoken to another priest. I am at home here with the people who are the healers of hope.

"This is your gift. You are filled with life, the joys of living, and the hopes of tomorrow! Go with God, my granddaughter, go with God. "

—Es por la gracia de Dios que tú y yo aún estamos vivos. Se sanará el cura por la magia del curandero en la kiva. Debemos esperar aquí en la casa de mi hermana para que pase el tiempo.

Esperábamos. Esperábamos varios días. Una mañana mientras el sol subía en el cielo, empezó el canto en la kiva. Ya para el mediodía, el canto se había convertido en un baile en la plaza del pueblo. Antes de la puesta del sol, se celebró un banquete sobre unas mantas en la nieve alrededor de la kiva. Cesó el canto y el cura subió por la escalera.

Llevaba su antigua túnica que antes llevé yo. Estaba limpia y planchada. Tenía la cara solemne y el cabello allanado. Pasó por encima de la kiva hacia Gregorio. Andaba cojo de la pierna izquierda. El cura se volteó para ponerse junto a Gregorio.

—Dios está con ustedes, mis hijos. Dios está con ustedes y les bendice hoy, este día santo de todos los días, ¡porque ustedes tienen la fuerza de la esperanza!

Entonces el cura se apoyó en Gregorio, que le ayudó a sentarse en una manta. Nos sentamos juntos y comimos con el pueblo entero. Hacía frío, pero las mantas calientes y la comida rica nos salvaban. No había fuego, porque el fuego traería a los indeseables.

Al amanecer, el cura se había ido. Volvió a México para hacer un informe de lo que había sucedido. Desde entonces, jamás he entrado en otra iglesia. Jamás he hablado con otro cura. Estoy cómoda aquí con la gente que viven de la esperanza.

Este es tu regalo. ¡Estás llena de vida, de la alegría de vivir y de las esperanzas de mañana! Vaya con Dios, mi nieta, vaya con Dios.

The Doctor

There was a young doctor who was new to the Spanish community. He had so many patients that he had a hard time finding people to help him with his surgeries. One day, an old man needed surgery badly. The family was worried about the surgery, for the old man had requested that he rest and be left alone. The doctor was shocked at this and told the family that if surgery were performed immediately, the old man possibly could be saved.

"I am tired," cried the old man. "Let me be." The doctor told the family that he would take care of the surgery. They placed the old man on a stretcher and put him in surgery. They gave him some medicine to make him sleep, but the old man was restless. The doctor thought that if his older son came in and stood beside the stretcher the old man might rest easier.

The doctor turned to get his instruments, and the old man sat up on the stretcher. The older son took a hammer out of his pocket and hit his father over the head with it. He killed him.

The doctor stared in disbelief and then said, "What have you done? I was trying to save his life, and you have killed him!"

The older son shook his head.

"It is I who have saved him."

El médico

Había un joven médico recién llegado a la comunidad española. Tenía tantos pacientes que le era difícil encontrar a alguien para ayudarle con su trabajo. Un día, un viejo necesitaba una operación urgentemente. La familia se preocupaba por él porque el viejo había pedido que le dejara descansar a solas. El médico reaccionó con alarma, y le dijo a la familia que sería posible salvar al viejo si le operara inmediatamente.

—Estoy cansado— lamentó el viejo. —Déjeme en paz.

El médico dijo a la familia que él se encargaría de la operación. Le pusieron al viejo en una camilla y lo llevaron a la sala de operaciones. Le dio medicina para que se durmiera, pero el viejo estaba inquieto. El médico pensaba que si el hijo mayor le acompañara, el viejo descansaría mejor.

Se apartó el médico para sacar sus instrumentos, y en eso el viejo se enderezó en la camilla. El hijo sacó un martillo de su bolsillo y le pegó a su padre en la cabeza, matándolo.

El médico le miró con asombro y le dijo:

—¿Qué has hecho? ¡Yo trataba de salvarlo y usted lo ha matado!

El hijo cabeceó:

—Soy yo él que le salvó.

San Ysidro's Neighbor

The sun rose to warm the morning air for the old bean farmer, San Ysidro. San Ysidro was an elderly saint who was very fond of his beans. He also grew chile, but beans were his favorite food. He lived near the Río Grande. His home was on one side of the river, and his fields were on the other side. San Ysidro worked dutifully in his fields every day.

San Ysidro was married to a lovely woman known as Santa Rita. She was a hardworking woman who knew how to cook a fine pot of beans. She held such honor among the people for her cooking that she was called the Reverent Santa Rita. The Río Grande held such respect for her that when she went to the river to call her husband, the water would stop and let her walk through without getting wet. This is the reason many still pray to her when the floods come.

One spring day, the fifteenth of May, San Ysidro woke early, dressed, ate his bean and chile breakfast, and went out to plow in the field. This was a very special day for him. The weather had been bitter cold at night, too cold to plant, and today was perfect. If he did not get the field planted today, he might not have beans for the winter.

San Ysidro hooked up the plow to his mule and was ready to start, when an angel flew down beside him. "San Ysidro, you cannot work in the fields today. It is a holy day."

San Ysidro shook his head. "I cannot help that. If I do not plant today, we may not have beans for the winter."

The angel persisted, "San Ysidro, God has sent me to tell you not to work today. It is your holy day; it is a day to pray and prepare for the summer."

El vecino de San Ysidro

Amaneció el sol calentando el aire matinal para San Ysidro, el viejo agricultor de frijol. Era como un santo y le gustaba el frijol. También cultivaba chile, pero su comida favorita era un plato de frijoles. Vivía cerca del Río Grande. Su casa se encontraba por un lado del río y sus tierras por el otro. Todos los días, San Ysidro trabajaba sus tierras con diligencia.

San Ysidro se había casado con una hermosa mujer a quien se le conocía por el nombre de Santa Rita. Era muy trabajadora y sabía cocinar una olla de frijoles bien sabrosos. Gozaba de tanto honor entre la gente por su buena cocina que se le llamaba la Reverente Santa Rita. El Río Grande le tenía tanto respeto que cuando iba al río para llamar a su marido, el agua se abría para que ella pasara sin mojarse. Es la razón por la cual aún se rezan a ella cuando llegan las inundaciones.

Un día de primavera—el quince de mayo—San Ysidro se madrugó, se vistió, comió su desayuno de frijoles y chile y salió para arar sus tierras. Era un día muy especial. La noche anterior había hecho un frío feroz, demasiado para sembrar, pero el día estaba perfecto. Si no sembrara hoy, quizás no tendría frijoles para el invierno.

San Ysidro ató su mula al arado. Estaba listo para comenzar cuando bajó un ángel a su lado.

—San Ysidro, no puedes trabajar hoy. Es un día santo.

San Ysidro cabeceó. —No puedo sino trabajar. Si no siembro hoy, puede ser que no tengamos frijoles para el invierno.

El ángel insistió: —San Ysidro, Dios me ha enviado para avisarte que no trabajes hoy. Hoy es tu santo; es para rezar y prepararse para el verano.

San Ysidro grew impatient. "I know that it is time to prepare for summer. What do you think I'm doing? Go away and leave me to my work." The angel flew away.

Another angel appeared shortly thereafter. "San Ysidro, this is your holy day. God has told me to tell you that if you do not stop working in your field he will send hail to ruin your crops. Your beans will be destroyed by hail if you do not stop!"

San Ysidro waved the angel away. "I have work to do. Leave me be. Hail does not bother me, so go away!" San Ysidro continued his work.

Another angel arrived on the field. This angel was rather plump and stood in front of the mule. "God has sent me down here to tell you to stop working. Today is a holy day. It is your holy day. If you do not respect it, who will? Stop working in your field or God will send you cutworms and grasshoppers to eat all the beans and chiles that the hail does not destroy!"

San Ysidro cleared his throat. "Fine, are you done? I have work to do. Go away!" The angel flew away.

The fourth angel appeared beside San Ysidro. He walked along and spoke softly to San Ysidro. "God has asked you to stop working out of respect for Him and your holy day. If . . . if . . . if . . . you . . . do not stop . . . God will send you a bad neighbor . . . a really bad neighbor to live right next door to you and Santa Rita." The quiet angel flew away without waiting for an answer.

San Ysidro stopped immediately. He hurried the mule home, took off the harness, put on his respectful clothes, and hurried to church.

San Ysidro later told his wife, "I could make the best of hail, and cutworms and grasshoppers are not uncommon, but a bad neighbor is much too much, even for a saint!"

San Ysidro se impacientó:

—Ya sé que es tiempo de prepararme para el verano. ¿Qué cree usted que estoy haciendo? Váyase y déjeme trabajar—. El ángel se voló.

Poco después apareció otro ángel.

—San Ysidro, hoy es tu día santo. Dios me dijo que te avisara que si no dejes de trabajar en el campo, hará que caiga una granizada para destruir la cosecha. ¡Tus frijoles serán destruidos por granizos si no dejes de trabajar!

San Ysidro se negó con un ademán de la mano.

—Tengo que trabajar. Déjeme. Los granizos no me molestarán. ¡Váyase —! Y San Ysidro siguió trabajando.

Llegó otro ángel. Era gordito, y se paró delante de la mula.

—Dios me ha enviado para avisarte que debes dejar de trabajar. Hoy es un día santo. Es tu santo. Si tú no lo respetas, ¿quién? Deja de trabajar, o Dios te enviará orugas y saltamontes para comer todos los frijoles y los chiles que se salvan de la granizada.

San Ysidro carraspeó: —Bien, ¿ha terminado ya? Tengo trabajo. ¡Váyase —! El ángel se voló.

El cuarto ángel apareció al lado de San Ysidro. Le acompañó y le habló dulcemente a San Ysidro:

—Dios te ha pedido que dejes de trabajar para respetarle a él y tu día santo. Si . . . si . . . si . . . tú . . . no dejas de trabajar . . . Dios te enviará un vecino malo . . . un vecino malo de verdad . . . para vivir al lado de tí y de Santa Rita.

El ángel callado y voló sin esperar una respuesta.

San Ysidro dejó de trabajar inmediatamente. Se apuró a casa con la mula, se le quitó los arreos, se vistió de su ropa más respetuosa y salió de prisa para la iglesia. Después San Ysidro le dijo a su esposa:

—Puedo aguantar las granizadas; una plaga de orugas y salta-montes no es raro; pero un vecino malo es demasiado, ¡aún para un santo!

The Old Bullfrog

The sun rose to find old bullfrog barely able to move. He was very, very, very, very, very sick. He knew that he was dying. All of his friends were around him at the irrigating pond. Every person that he had ever met stood in anticipation of his last will and testament. Old bullfrog was an honorable bullfrog. Anything he had would be an honor to own.

The old bullfrog's young wife, along with his twenty young bull-frogs, hovered over him. They were holding back their tears. Finally, the old bullfrog croaked, "You are all my good friends, so I will say what needs to be said with a few words." The old bullfrog coughed, then continued, "Who will take my wife when I am gone?"

His friends were very thoughtful. No one spoke. Old bullfrog rested his eyes. Then he quietly asked again, "Who will take my young wife?"

His friends, seeing how weak he was, all called out at once, "I will, I will!"

Old bullfrog waited for them to be quiet. He carefully puckered his green lips and spoke, "Who will take care of my children and see to it that they are brought up correctly?"

There was no answer. Old bullfrog gasped for air and asked again, "Who will take care of my children and see to it that they are raised correctly?"

Not one friend spoke. Old bullfrog shook his weary head. "Typical. Friends are willing to take a beautiful wife, but they don't want to bother with another man's children."

El viejo rana toro

Al amanecer, el viejo rana toro apenas podía moverse. Estaba muy, muy, muy, muy enfermo. Sabía que se moría. Todos sus amigos lo acompañaban en el estanque. Cada uno a quien él había conocido en su vida esperaba atentamente su testamento. Como el viejo rana toro era honorable, iba a ser un honor heredar cualquier cosa de él.

La joven esposa del viejo rana toro y sus veinte hijos lo seguían de cerca. Retenían las lágrimas. Por fin, el viejo rana toro gruñó: —Todos ustedes son mis buenos amigos. Entonces les diré lo necesario en pocas palabras—. Tosió, y continuó:

—¿Quién cuidará a mi esposa cuando me muera—? continuó.

Los amigos quedaron pensativos. Nadie habló. El viejo rana toro cerró los ojos un minuto; luego en voz baja preguntó de nuevo:

—¿Quién cuidará a mi joven esposa?

Y sus amigos, notando cuan débil se veía, contestaron al unísono:

—¡Yo sí, yo sí!

El viejo rana toro esperó hasta que se callaron. Se le arrugaron cuidadosamente los labios verdes y dijo: —¿Quién cuidará a mis hijos para que se eduquen bien?

Nadie contestó. El viejo rana toro jadeaba, y preguntó otra vez:

—¿Quién cuidará a mis hijos para que se eduquen bien?

Ningún amigo habló. El viejo rana toro cabeceó cansadamente.

—Así es. Los amigos sí quieren aceptar a la linda esposa, pero no quieren encargarse de los hijos.

The Black Mare

Soldiers covered the hills of New Mexico. Their sabers were ready to kill anything that moved. There had been too many deaths in the soldiers' camp at night, horrible deaths done by someone of great strength, and the captain wanted the murderer found.

The only evidence that the soldiers had was the hoofprints of an unshod horse, a horse that moved like the wind and could not be seen in the dark of night; a horse so quiet, swift, and powerful that no one had been able to follow or catch it. This horse was believed to be the wild black stallion of the hills of La Bajada. But no one had seen it, and, therefore, no one could say.

Each night the soldiers drank more wine. Each night the soldiers had more women dancing with them and singing for them. They did not know who would be killed in the night, and they wanted to live their lives to the fullest. These men were frightened and distrustful of everyone.

The women who came were local women who needed work or who liked to have fun. They enjoyed the laughter, for their life had been one of hard work. They liked the music because the instruments of the soldiers were new to them. They enjoyed the good food that someone else had cooked, for they had had enough of kitchen work. The women mostly knew each other. There were even some who had come from neighboring villages and outlying farms, but soon all were friends.

The summer nights were cool, and the days were warm enough to allow celebrations to be comfortable at night. The earth was dry enough to leave imprints, but the night wind was strong enough to

La yegua negra

Muchos soldados se encontraban recorriendo los cerros de Nuevo México. Traían sus sables listos para matar a cualquier cosa que tuviera vida. Hubo una cantidad de muertes en el campamento por la noche; el masacre fue cometido por alguien muy fuerte, y el capitán exigía la captura del asesino.

La poca evidencia que tenían los soldados eran las huellas de un caballo desherrado que corría como el viento y se hacía invisible en la oscuridad nocturna; un caballo tan silencioso, rápido y poderoso que nadie podía seguirlo ni atraparlo. Se creía que éste era el salvaje caballo negro de los cerros de La Bajada. Como nadie lo había visto, nadie sabía si era cierto.

Cada noche los soldados tomaban más vino; cada noche llegaban más mujeres para bailar y cantar. No sabían quién moriría en la noche, de modo que querían vivir hasta lo máximo. Estos hombres temían y desconfían de todo el mundo.

Las mujeres que llegaban eran del pueblo y necesitaban trabajo o querían divertirse. Les gustaba reírse porque sus vidas se llenaban de trabajo. Les gustaba la música porque los instrumentos de los soldados les sonaban nuevos. Les gustaba comida buena y preparada por otras personas, porque estaban hartas de trabajar en la cocina. En la mayor parte las mujeres se conocían. Había hasta algunas que llegaban de los pueblos vecinos y ranchos más retirados, pero pronto todas llegaron a ser amigas.

Las noches estivales estaban frescas; después del calor del día, se prestaban para hacer buenas fiestas. La tierra estaba tan polvorosa que se podía dejar huellas en ella, pero el viento nocturno soplaba lo sufi-

blow away a light footstep left in the sand. The parties continued, the deaths occurred each night, and the captain became angrier and angrier and more worried with each passing day.

The soldiers were now sent out to find any horse that was black and to locate any stallion that could be seen, and no one was to return without some information, or punishment could be expected. The men were determined. They looked high, and they studied the ground. They stopped at each water niche, and they inventoried the grass that grew on the plains. Somewhere the black horse carried a killer and that killer would be found.

A short soldier on a round sable stallion whistled to his companion. The two of them saw dust rising over the sandstone hill. The two of them dismounted and stealthily climbed to the hill. There they saw a horse, a beautiful horse, black as night with a gleaming black mane, galloping at a dead run across the plain. They shouted to the captain. He charged with his men over the hill and after the black horse. No one could tell if it was a stallion or mare. All they knew was that the horse was fast.

They chased the horse for at least an hour. Many of the men had to pull back, their stallions white with sweat and ready to drop. The captain overcame the black horse with two of his men as they narrowed the bend in a canyon. The black mare raced around the corner of the canyon and suddenly disappeared. The captain pulled his stallion to a halt. He ordered his men to say nothing, to walk their horses, and to watch for anything that moved.

Out of a group of bushes walked a beautiful woman. Her flowing, long black hair glistened in the sunlight. She appeared to be picking something off of the bush. The captain dismounted and walked over to her. He studied her face. She was familiar, and he felt as if he had seen her recently.

"Excuse me, Miss, what are you doing out here all alone?" The captain glanced around her.

"Oh, I am picking herbs for my sick mother," the woman replied. Her face was dripping with moisture, and her body heaving as if out of breath.

"Have you been running?" The captain studied the woman's eyes. They were flashing with anger.

"I was in a hurry. I saw your men, and I thought that you might be after someone. I was anxious to see. I was in a hurry, that is all." Her face was flushed, her legs were scraped from the low bush branches, and her bare feet were bruised.

The captain took hold of her arm. "You are the black horse, the

ciente como para borrar una ligera huella dejada en la arena. Continuaban las fiestas, moría gente cada noche y cada día el capitán se ponía más enojado y más preocupado.

Ordenó a los soldados a buscar cualquier caballo negro y ubicar cualquier caballo padre que se hallara, y que nadie debería volver sin alguna noticia so pena de castigo. Los hombres estaban empeñados. Buscaron hacia arriba y por el suelo también; pararon en cada abrevadero e inventariaron la grama de los llanos. Por alguna parte el caballo andaba con su asesino, y no hubo remedio sino capturarlo.

Un soldado bajito montado a caballo padre redondo y negro silbó a su compañero. Los dos vieron el polvo que subía sobre el cerro de piedra arenisca. Desmontaron y subieron el cerro a hurtadillas. Allí vieron el caballo, hermoso y negro como la noche, con su negro crin brillante, corriendo a galope por el llano. Gritaron al capitán. El y sus tropas avanzaron sobre el cerro en busca del caballo negro. No se sabía si era caballo padre o yegua; sólo se sabía que era un caballo veloz.

Perseguían al caballo durante toda una hora. Muchos hombres tuvieron que pararse, pues sus caballos padres estaban blancos de sudor y a punto de caérse. El capitán alcanzó al caballo negro con dos soldados cuando hicieron una vuelta por un cañón. La yegua negra corrió hasta un rincón del cañón y, de repente, desapareció. El capitán refrenó su caballo padre y mandó a sus hombres a callarse y llevar sus caballos al paso, fijándose en cualquier cosa que moviera.

Detrás de los arbustos salió una hermosa mujer. Su largo cabello negro fluía y brillaba en la luz del sol. Parecía que estaba agarrando algo del arbusto. Desmontó el capitán y avanzó hacia ella. Le examinó la cara. La reconoció, como si la hubiera visto recientemente:

—Disculpe, señorita, ¿qué hace usted aquí a solas?

El capitán miraba alrededor de ella.

—Bueno, recojo hierbas para mi madre que está enferma— contestó la mujer. El sudor goteaba de su cara, y jadeaba como si le faltaba aire.

—¿Usted corría—? El capitán estudiaba los ojos de la mujer, que brillaban con enojo.

—Tenía prisa. Vi a sus hombres y se me ocurrió que ustedes buscaban a alguien. Quería ver. Tenía prisa, nada más.

Tenía la cara enrojecida, las piernas rascadas por las ramas de los arbustos y los pies descalzos y magullados.

El capitán le tomó el brazo: —Usted es el caballo negro, la yegua

black mare that we were chasing, are you not?"

The woman glistened a smile at him, and her eyes danced with magic. "Do you wish to live? Then let me go and you will never see me again, nor will your men see me again. Let me go!" Her voice was deep, threatening, angry.

The captain felt the strength in her words. He knew that she held great magic. He let go of her arm and walked back to his men. They were anxious to continue their search. The captain mounted his horse, and as he turned toward the plain, he heard a horse neigh behind him. "My captain, look, there is the horse."

A black mare reared up and galloped away through the canyon, leaving only a trail of dust.

negra que perseguíamos, ¿verdad?

La mujer le sonrió con resplandor, y sus ojos bailaban mágicamente:

—¿Quiere usted seguir con vida? Entonces, suélteme. Jamás me verá usted, ni sus hombres tampoco. ¡Suélteme—! Su voz era profunda, amenazante, enojada.

El capitán sintió la fuerza de sus palabras y sabía que ella estaba encantada. Soltó su brazo y volvió a donde estaban los soldados. Ellos querían continuar la búsqueda. El capitán montó su caballo y, mientras se dirigía hacia el llano, oyó relinchar un caballo detrás de sí.

—Mi capitán, mire, allí está el caballo.

Una yegua negra se empinó y salió a galope por el cañón, dejando solamente una huella de polvo.

Count Your Blessings

The sun rose on a sad little house outside of Del Norte, Colorado. This was a poor Spanish family. The father was a hardworking man. He was proud of his family, his wife, and his meager house. He decided that this day would not be a cold one for his family. He took the axe down from the wall and told his loving family that he was going out for more wood.

The father walked out onto the flat range. The high hills seemed bare without the snow. The high mountains held much snow and glowed in their majesty. The father walked for some time looking for dry wood. He walked into the shrubs of the foothills and marshy places and found none. He continued to walk until twilight. He was determined. At last he sat down next to a tall shrub and scratched his head in disbelief at the lack of natural fuel.

The moon rose over the mountains and cast shadows across the land. The father stood up and started to walk home. He tripped over some old roots and fell. He fell into an old well and falling, falling, falling, he cried out for help. No one heard him. He fell to the bottom, hitting his head.

It was quite a while before he awoke and realized that he was at the bottom of an old well. He shook his head. "Thanks be to God, I am alive!"

The father tried to move, but the well hole was very narrow. The father waited until the moon was directly overhead. He could see more of his situation with the moonlight. There next to him was a coiled rattlesnake. It stared at him as he stared at it.

The rattlesnake did not move. The father did not move. The night became colder. The rattlesnake edged closer to the father; the father

Ténganse por dichosos

Un día el sol subió al cielo sobre una casita triste en las afueras de Del Norte, Colorado. Era de una pobre familia española. El señor era muy trabajador; estaba orgulloso de su familia, de su esposa y de su humilde casita. Bajó el hacha de la pared y dijo a su cariñosa familia que salía para recoger más leña.

El señor avanzó por el llano. Los cerros altos parecían desnudos sin la nieve, pero las montañas altas llevaban mucha nieve y relucían con majestad. El señor seguía andando y buscando leña seca. Caminaba por en medio de los arbustos de los cerros y por el pantanal, pero no encontró nada. Tan decidido estaba que anduvo hasta el anochecer. Por fin se sentó al lado de un arbusto alto y se rascó la cabeza. No entendía por qué faltaba combustible natural por estas partes.

Salió la luna a través de las montañas, creando sombras sobre la tierra. El señor se paró y empezó a caminar a casa. Se tropezó con unas raíces viejas y se cayó en un viejo pozo: cayéndose, cayéndose, cayéndose, gritaba que le ayudaran. Nadie le oyó. Se cayó hasta el fondo, golpeándose la cabeza.

Cuando se despertó, se dio cuenta de que se hallaba en el fondo de un pozo viejo. Cabeceó: —¡Gracias a Dios, estoy vivo!

Trató de moverse, pero el pozo era muy estrecho. Esperó hasta que la luna estaba en lo alto, y podía estudiar el asunto. Descubrió enrollada a su lado una serpiente de cascabel. Se miraba el uno al otro.

La serpiente no se movía, tampoco el hombre. La noche se enfriaba. La serpiente se acercó al señor, y éste a la serpiente, que empezó a

edged closer to the rattlesnake. The rattlesnake studied the axe in the father's hand. The father studied the fangs on the rattlesnake. The rattlesnake closed its mouth. The father put the axe down. They stayed that way all night.

The morning finally shone above them. The father studied the rattlesnake. The rattlesnake studied the father. The father called to the rattlesnake, "I am sure that you need to be with your family, not down here in this hole. It is cold, and it is not right that both of us should freeze if only one of us has to."

The father smiled at the rattlesnake. The rattlesnake smiled back. The father stopped smiling. The rattlesnake closed its mouth. The father carefully rose to his knees. He reached down and lifted the snake by the neck and threw him up, way up high, higher yet, and the rattlesnake cleared the hole of the well, disappearing on the ground above.

The father nodded. "Thanks be to God. One of us shall survive!" The father leaned back and tried to move his legs. The hole was too narrow.

The sun moved across the sky. The afternoon became colder, and the father was sure that his death was close.

Before the sun went down, he heard hissing coming from above. He looked up. There from above came a rattlesnake. The rattlesnake came down slowly, for attached to the rattlesnake's tail was another rattlesnake and attached to that rattlesnake was another rattlesnake. They lowered themselves down to his level.

The father recognized the rattlesnake who came down first. It was the rattlesnake that had spent the night with him. The father watched as the rattlesnake smiled. The father was unsure. The rattlesnake stopped smiling and wrapped its body around the father's waist. Slowly, and with great patience and faith in God, the father was lifted out of the old well hole. The father and rattlesnake were now on firm ground. The father counted the little rattlesnakes. There were fifteen of them.

The father returned to his humble home a day after he had left. He walked into his home, and there to greet him was his kind wife, loving children, and a meager meal. The father invited in his friends to help with the meal. Instead, they chose to help themselves to the mice in his pantry. All warmed themselves by the fire and sang songs. There was little wood, but there was a richness of friends and a counting of blessings.

examinar el hacha que tenía en la mano. Mientras tanto, el señor examinaba los colmillos de la serpiente. Se cerró la boca. El señor dejó caer su hacha. Se quedaron allí juntos durante toda la noche.

Por fin la mañana empezó a brillar en lo alto. El señor miró a la serpiente de cascabel. La serpiente le miró al señor. El señor le dijo:

—Debes estar con tu familia y no aquí en este hueco. Hace frío, y no es necesario que los dos suframos si sólo uno de nosotros tiene que estar aquí.

El señor le sonrió a la serpiente. La serpiente le devolvió la sonrisa. El señor dejó de sonreír y la serpiente se cerró la boca. El señor se levantó cuidadosamente hasta ponerse de rodillas. Agarró a la serpiente, la levantó por el cuello y la tiró a lo alto, lo más alto posible, hasta que la serpiente de cascabel alcanzó a la orilla del pozo y se desapareció. El señor cabeceó:

—¡Gracias a Dios, uno de nosotros sobrevivirá —! El señor se reclinó y trató de mover las piernas, pero el pozo era demasiado estrecho.

El sol cruzó el cielo. Hacía frío por la tarde, y el señor estaba seguro de que la muerte se le acercaba.

Antes de la puesta del sol, oyó un silbido que le llegaba desde arriba. Estiró la cabeza y vio que bajaba lentamente una serpiente de cascabel que estaba atada a la cola de otra serpiente de cascabel, y ésa, atada a otra. Se bajaron hasta llegar al señor.

El señor reconoció a la serpiente de cascabel. Era la misma que había pasado la noche con él. El señor la miraba mientras la serpiente de cascabel le sonreía. El señor titubeó. La serpiente dejó de sonreír y se enroscó alrededor de la cintura del señor. Despacio, y con gran paciencia y fe en Dios, levantaron al hombre del pozo. El señor y la serpiente de cascabel ya pisaban tierra firme. El señor contó las pequeñas serpientes de cascabel: eran quince.

Un día después, el señor había vuelto a su humilde casa. Al entrar le saludaron su bondadosa mujer y sus cariñosos hijos, y le esperaba una comida frugal. El señor invitó a sus amigos a ayudarle a acabar la comida, pero prefirieron comer los ratones que se hallaban en la despensa. Cantaban mientras les calentaba el calor de la chimenea. Faltaba leña, pero abundaba la amistad, pues se tenían por dichosos.

The Hooded Mass

Among the high mountains of New Mexico and Colorado are many isolated villages hidden among the piñon trees and cottonwoods. Outside of one of these small villages lived a young woman. She lived alone. Her mother and father had died not long ago, and her older sister had passed away just before the first snow.

The wind was bitter cold as it blew through her small home. Her home was a log cabin chinked with adobe mud. She could hear the church bells echoing in the early morning air, calling her to Christmas Mass. It was dark outside—a dark that can only be found up in the hills in New Mexico and Colorado in the dead of winter in early morn.

She pulled her woven shawl around her. It was cold. Cold to the bone. This young woman peered out of her window. Her eyes searched through the darkness to where the church would be. Yes, there were lights on in the church. The church bell was ringing. This young woman was not sure of the time. She hurried into her clothes.

She had never been late to Christmas Mass, and now that she was the last living member of her family, she was responsible for upholding the honor of her family name. She pulled over her head a heavy shawl that had belonged to her sister. She wrapped her shoes with strips of leather and hurried out the door. It was still very dark.

She felt her way along through the thick trees to the clearing. There was the church. She ran to the church and peered into the congregation. They had already started singing the first hymn. This young woman felt embarrassed to come in late.

La misa encapuchada

En las montañas altas de Nuevo México y Colorado hay muchos pueblos aislados y escondidos entre los piñones y los álamos. Una joven vivía en las afueras de uno de estos pueblos. Vivía sola. Hacía poco que se habían muerto sus padres, y su hermana mayor se había muerto antes de la primera nevada del invierno.

El viento helado soplaba por su pequeña casa. Era una cabaña de troncos cubierta con adobe. La joven oyó las campanas de la iglesia reverberando en la madrugada, llamándole a ir a la misa de Navidad. Estaba oscuro; era esa oscuridad que sólo se encuentra en la madrugada del invierno en las alturas de Nuevo México y Colorado.

Se cubrió con un rebozo. Hacía tanto frío que lo sentía hasta los huesos. La joven miraba por la ventana. Sus ojos buscaba a través de la oscuridad dónde estaba la iglesia. Sí, las luces estaban prendidas en la iglesia. Se tocaba la campana. La joven no sabía la hora. Se vistió con prisa.

Jamás había llegado tarde a la misa de Navidad, y ahora que ella era la última de la familia que aún vivía, tenía la responsabilidad de mantener el honor de la familia. Se tapó con el rebozo grueso de su hermana. Envolvió sus zapatos con tiras de cuero y salió apurada. Todavía estaba muy oscuro.

Iba pasando por el denso bosque hasta llegar al claro. Allí estaba la iglesia. Corrió a la iglesia y vio a la congregación adentro. Ya se había empezado a cantar. La joven se sentía avergonzada por llegar tarde.

She nodded her head in respect to the pews that she passed and finally came to her family's pew. There were many sitting on it. She was flushed with astonishment. She should be the only one sitting on this pew. She started to move forward to another pew when a hand reached out from under the thick, black-hooded cape sleeve and pulled her back.

"Sit, sit here with your family." The young woman sat back down.

Everyone around her wore a thick, black-hooded cape. She waited until the hymn was finished. The priest did not enter. The organ began again, and the hymn was started for a second time. The church was warmer now, and the hooded, caped figure next to her drooped her cape behind her shoulders. The young woman turned to help. There, there in front of her was her dead sister!!

The young woman held her breath. Next to her sister sat her mother and father. Their hair had come off, their eyes were only sockets, their hands were clothed in gloves, and they were watching her. The young woman smiled. She nodded out of respect. She continued to sing the hymn. Slowly, ever so slowly, she inched to the edge of the pew. She pulled her shawl around her tightly and ran for the door.

Hands reached out and grabbed at her shawl. They ripped the shawl. They tore at it with great strength. She continued to run. She ran out the door, dropping the shawl on the floor of the church behind her to gain her freedom. She ran straight to the priest's home. She pounded on the door until he let her inside.

She sat trembling by the warm fire and told the priest what had happened. He asked her if she had any other clothing of her sister, mother, or father on her. She said no. He gave her one of his heavy old coats to wear to the church.

They carefully pulled back the church door. The church was silent and empty, except for the shawl. The shawl lay in tattered pieces all about the floor, waiting for Christmas Mass.

Inclinó la cabeza en deferencia a los que estaban allí; por fin llegó al banco de su familia pero mucha gente estaba sentada allí. Asombrada, se enrojeció. El banco le pertenecía sólo a ella. Decidió sentarse en otro banco cuando desde la manga gruesa de una capucha negra se extendió una mano y la agarró:

—Siéntese, siéntese aquí con su familia—. La joven se sentó.

Todos alrededor de ella llevaban una capucha negra. Ella esperó hasta que se terminó de cantar. No entraba el cura. Se oyó comenzar el órgano de nuevo y la canción por segunda vez. En la iglesia hacía más calor ahora, y la figura encapuchada a su lado dejó caer a los hombros la capucha. Al tratar de ayudarle, la joven vio a su hermana al lado de ella. ¡Su hermana muerta!

La joven no pudo respirar. Al lado de su hermana estaban sus padres. Se les había caído el cabello, sus ojos eran meras cuencas, tenían las manos enguantadas y le miraban a ella. La joven sonrió. Inclinó la cabeza respetuosamente. Siguió cantando. Despacio, muy despacito, se movió hacia el borde del banco. Se puso el rebozo y corrió a la puerta.

Unas manos agarraron su rebozo. Lo rompieron, arrancándolo con una gran fuerza. Ella siguió corriendo. Pasó por la puerta, dejando caer el rebozo en el suelo de la iglesia para ganar su libertad. Corrió directamente a la casa del cura. Tocó fuertemente la puerta hasta que la dejó entrar.

Se sentó temblando al lado de la chimenea caliente y le contó al cura lo que había pasado. El le preguntó si llevaba otra prenda de su hermana, de su madre o de su padre. Le dijo que no. El cura le regaló uno de sus gruesos abrigos viejos para ir a la iglesia.

Cuidadosamente empujaron la puerta de la iglesia. No se oía ningún ruido y la iglesia estaba vacía, con la excepción del rebozo que estaba en el suelo, hecho un andrajo, esperando la misa de Navidad.

Shoemaker

There once was a shoemaker who loved funerals. He would go to a funeral and cry and cry, and then afterwards when they had the party, he would drink and laugh and laugh. They loved to have the shoemaker come to their funerals. Now it so happened that there were three younger men who thought that the shoemaker had no conscience, that to cry and cry without real cause and to laugh and eat all the food at a funeral party were terrible. They decided to do something about the shoemaker's behavior. They made a plan. It was decided that one of them would trick the shoemaker.

The oldest, who was the smart aleck of the group, decided that he would go up into the hills, supposedly to chop wood. Then the others would come along and say that they found him dead. They would have a funeral party first, and when the party was over, the oldest friend would sit up and groan in front of the shoemaker, scaring the faith out of him.

The older friend did as they planned. The others brought him down to the town. They were crying and moaning. They laid him in a wooden box for the funeral party. The shoemaker arrived. The house that this older friend lived in was small. There were very few refreshments. Well, now, the shoemaker loved to have room to dance, and he liked a lot to eat.

The shoemaker told the friends to bring the dead friend to his house, and they would celebrate there, for there was more room. The people came, and they partied and partied. The other friends got so drunk that they forgot all about the plan. They went home and fell asleep. The shoemaker said good-bye to the last guest and sat down for one more drink with the dead man in the coffin.

El zapatero

Había un zapatero a quien le gustaban los funerales. Iba para llorar a mares y, luego, en las reuniones después, beber y reírse mucho. A todos les gustaba recibir al zapatero en los funerales. Pero resulta que había tres hombres más jóvenes que opinaban que el zapatero carecía de conciencia, pues el llorar y llorar sin causa alguna y el reírse y comer toda la comida después eran actos reprensibles. Decidieron hacer algo para aderezar el comportamiento del zapatero: uno de ellos le haría una trampa.

El mayor de ellos, que era también el más pícaro del grupo, decidió ir a la sierra con el pretexto de cortar leña. Luego llegarían los otros para decir que habían encontrado muerto a su amigo. Esta vez harían la fiesta primero, después de la cual el amigo mayor se levantaría y gemiría frente al zapatero para bien asustarle.

El amigo mayor fue al monte. Los otros lo bajaron luego del cerro al pueblo. Lloraban y gimoteaban. Le pusieron en una caja de madera para la fiesta. Llegó el zapatero. La casa del amigo mayor era pequeña, y hubo poca comida. Ahora bien, al zapatero le encantaba tener espacio para bailar y le gustaba comer en abundancia.

El zapatero mandó a los amigos que llevara el difunto a su casa, donde habría más espacio. Llegó mucha gente y se festejaron mucho. Los otros amigos se emborracharon tanto que se les olvidó lo de la trampa. Regresaron a casa y se durmieron. El zapatero despidió del último invitado y se sentó a tomar la última copa con el difunto al lado.

The dead man sat up and said, "Shoemaker, stop going to funerals or you will become a dead man."

The shoemaker studied the sitting-up dead man for about one minute, then reached over to his work counter and picked up his steel mallet. He hit the sitting-up dead man over the head and killed him, really dead.

The shoemaker finished his drink and went to bed. In the morning they had a real funeral.

El cadáver se levantó y dijo: —Zapatero, deje de ir a los funerales, o usted también será un difunto.

Después de escudriñar al cadáver sentado durante todo un minuto. el zapatero sacó su mazo de acero de la mesa y le golpeó en la cabeza, matándole de verdad.

El zapatero acabó su copa y se acostó. Al día siguiente se hizo el funeral verdadero.

The Kernel of Corn

The sun rose in the morning to shine upon the fine, strapping woman out in a cornfield gathering corn for her family. This woman was the farmer's wife. She was filled with joy, for this winter there would be enough corn to keep her seven children fat and healthy. The corn that was left over could be sold.

The farmer's wife had carefully built frightening scarecrows to keep away the birds. She had planted smelly marigolds to keep away the insects and the field mice. She had planted garlic to startle the moles and burrowers to keep them away from her cornfields. This was a fine day. She opened one ear of corn to check for worms, for the ears did feel fine, but that did not mean that the white worms had not eaten the kernels. There were no worms to be found.

She congratulated herself. The mineral oil from the mercantile had worked after all. Her husband had suggested the mineral oil. He said that it kept the worms from climbing up the plant, and it was true. She was so proud of her fine cornfield.

Just as she dropped the ear of corn into her basket, a hungry, desperate, black crow flew and grabbed a kernel of corn. He flew off with it to a cottonwood tree in the middle of the field and began to peck on his find. The woman was not about to have her corn pecked on by a pathetic crow. She picked up a clod of earth and threw it with full force at the crow. The clod hit the crow hard against the side of his head, knocking him to the ground. The kernel fell down into the split trunk of a cottonwood tree and disappeared from sight. The woman ran to the crow. She lifted him, then smacked him to bring him back to consciousness.

El grano de maíz

Apareció el sol por la mañana reluciendo a la buena mujer robusta que estaba en el maizal recogiendo maíz para su familia. Esta mujer era la esposa del ranchero. Estaba contenta, pues este invierno iba a haber maíz suficiente para mantener gorditos y sanos a sus siete hijos. El maíz que sobraba se podía vender.

La esposa del ranchero había construido cuidadosamente unos espantapájaros para ahuyentar a los pájaros. Había sembrado caléndulas hediondas para disipar a los insectos y los ratones de campo. Había sembrado ajo para asustar a los topos y los animales que socavan la tierra, ahuyentándolos de sus maizales. Era un día espléndido. Abrió un elote para ver si tenía guzanos, porque aunque los elotes parecían buenos, eso no quería decir que los guzanos blancos no habían comido los granos. No había nada.

Se felicitó a sí misma. El aceite mineral de la tienda sí había funcionado. Su marido había sugerido el aceite mineral. Dijo que prevenía a que los guzanos subieran el tallo, y era la verdad. Estaba orgullosa de su buen maizal.

Apenas había dejado caer el elote en su canasta cuando un cuervo negro hambriento y desesperado voló cerca y agarró un grano de maíz. Llegó hasta un álamo en medio del maizal y se puso a picotear su tesoro. La mujer no aguantaba que un cuervo patético picoteara a su maíz. Agarró un zoquete y lo tiró con todo su esfuerzo al cuervo. El zoquete le golpeó al cuervo en la cabeza, haciéndolo caer a la tierra. El grano cayó en el tronco hendido de un álamo y se desapareció. La mujer corrió al cuervo. Lo levantó y le dio una bofetada para revivirlo.

"Crow, bring back my kernel of corn or I shall wring your neck!"

The crow stared into the woman's eyes, feeling her anger. He knew she meant what she said. The crow flew out of her reach. "I will get you that kernel." The crow searched the branch; he could not find the kernel of corn. He flew up and down the cottonwood tree searching for the kernel of corn. He was desperate.

A small ant called out to him. "If you will not eat me, I will tell you where the kernel of corn is hiding."

The crow agreed. The ant showed the crow where the kernel of corn had fallen. Crow asked, "Ant, you are very strong, would you bring me the kernel of corn?"

The ant shook her head. "No, for you have already eaten all of my family. I have no reason to do you a favor." The ant disappeared into the cracked tree trunk. The crow stood on the branch. Below him was the woman ready to wring his neck. He knew she would, for she was the farmer's wife.

The crow flew off to the woodcutter's house. He landed on the woodcutter's woodpile. "Woodcutter, cut down that tree. I can't get the kernel of corn that has fallen in that tree. I need that kernel of corn to save my life from the farmer's wife."

The woodcutter stared at the crow. "Why would I cut down a tree for a kernel of corn? No, I will not do it." He went back to work. The crow then flew to the landowner and said,

> Landowner, arrest the woodcutter,
> The man will not cut down the tree.
> The tree holds the kernel of corn.
> I need that kernel of corn
> To save my life
> From the farmer's wife!

The landowner shushed the crow away. He was busy making a work list for his workers. The crow then went to the landowner's wife and pleaded:

> Señora, talk to the landowner.
> Landowner will not arrest the woodcutter.
> Woodcutter will not cut down the tree.
> The tree holds the kernel of corn.
> I need that kernel of corn
> To save my life
> From the farmer's wife!

—Cuervo, ¡devuélveme mi grano de maíz o te torceré el pescuezo!

El cuervo se fijó los ojos en la mujer, sintiendo su enojo. Sabía que no estaba para bromas. El cuervo se escapó.

—Te traeré el grano—. El cuervo buscaba en la enramada pero no pudo dar con el grano. Iba de arriba para abajo buscando el grano de maíz. Estaba desesperado.

Una hormiga pequeña le llamó: —Si no me comes, te diré dónde está escondido el grano de maíz.

El cuervo asintió y la hormiga le enseñó al cuervo dónde se había caído el grano de maíz.

—Hormiga, eres muy fuerte. ¿Me traerás el grano de maíz—? le preguntó el cuervo.

La hormiga negó: —No, porque ya has comido a toda mi familia. No tengo por qué hacerte este favor—. La hormiga desapareció por el tronco hendido. El cuervo se posaba en una rama. Abajo, la mujer estaba a punto de retorcerle el pescuezo. El sabía que era capaz de hacerlo, pues era la esposa del ranchero.

El cuervo voló a la casa del leñador. Se paró sobre un montón de leña: —Leñador, tala ese árbol. No alcanzo ese grano de maíz que ha caído adentro. Necesito ese grano de maíz para salvarme de la esposa del ranchero.

El leñador miraba fijamente al cuervo: —¿Porqué debo talar el árbol para sacar un grano de maíz? No, no lo haré—. Volvió a su trabajo. Entonces el cuervo voló al hacendado y le dijo:

> Hacendado, detenga al leñador.
> El hombre no quiere talar el arbol.
> El árbol tiene el grano de maíz.
> ¡Necesito ese grano de maíz para salvarme
> De la esposa del ranchero!

El hacendado ahuyentó al cuervo. Estaba preparando las tareas para sus obreros. De allí, el cuervo buscó a la esposa del hacendado y le rogó:

> Señora, hable con el hacendado.
> El hacendado no quiere detener al leñador.
> El leñador no quiere talar el árbol.
> El árbol tiene el grano de maíz.
> ¡Necesito ese grano de maíz para salvarme
> De la esposa del ranchero!

Señora was busy with her children. She was teaching them songs and refused to be bothered by this crow. The crow flew to a snake and said,

> Snake, snake, bite the señora.
> She won't talk to the landowner.
> Landowner will not arrest woodcutter.
> Woodcutter will not cut down the tree.
> The tree holds the kernel of corn.
> I need that kernel of corn
> To save my life
> From the farmer's wife.

The snake was sunning himself and did not want to move. Winter was here all too soon. He closed his eyes and dreamed of a fine life. The crow flew on and met a stick:

> Stick, stick, hit the snake.
> Snake won't bite the señora.
> She won't talk to the landowner.
> Landowner will not arrest the woodcutter.
> Woodcutter will not cut down the tree.
> The tree holds the kernel of corn.
> I need that kernel of corn
> To save my life
> From the farmer's wife.

The stick did not respond. He did not want to draw attention to himself, for he could easily be used in a winter fire. The crow flew on his search until he saw a fire. He came very close to the fire and begged:

> Fire, fire, burn stick.
> Stick won't hit the snake.
> Snake won't bite the señora.
> She won't talk to the landowner.
> Landowner will not arrest the woodcutter.
> Woodcutter will not cut down the tree.
> The tree holds the kernel of corn.
> I need that kernel of corn.
> To save my life
> From the farmer's wife.

La señora se ocupaba de sus hijos. Les enseñaba canciones y no quería que el cuervo le molestara. El cuervo se topó con una serpiente y le dijo:

> Serpiente, serpiente, muerda a la señora.
> No quiere hablar al hacendado.
> El hacendado no quiere detener al leñador.
> El leñador no quiere talar el árbol.
> El arbol tiene el grano de maíz.
> ¡Necesito ese grano de maíz para salvarme
> De la esposa del ranchero!

La serpiente estaba tomando sol y no quería moverse. El invierno había llegado demasiado pronto. Cerró los ojos y soñaba con una vida buena. El cuervo voló y encontró un palo:

> Palo, palo golpée a la serpiente.
> La serpiente no quiere morder a la señora.
> La señora no quiere hablar al hacendado.
> El hacendado no quiere detener al leñador.
> El leñador no quiere talar el árbol.
> El árbol tiene el grano de maíz.
> ¡Necesito ese grano de maíz para salvarme
> De la esposa del ranchero!

El palo no respondió. No quería llamar la atención a sí mismo, porque podría fácilmente convertirse en leña. El cuervo voló y buscó hasta dar con el fuego. Se acercó al fuego y le rogó:

> Fuego, fuego, queme el palo.
> El palo no quiere golpear a la serpiente.
> La serpiente no quiere morder a la señora.
> La señora no quiere hablar al hacendado.
> El hacendado no quiere detener al leñador.
> El leñador no quiere talar el árbol.
> El árbol tiene el grano de maíz
> Que me salvará
> De la esposa del ranchero.

The fire crackled, ignoring the crow. The fire was anxious to stay warm for the cold winter night. The crow flew on until he saw some water. He spoke loudly to the water:

> Water, water, put out the fire.
> Fire won't burn the stick.
> Stick won't hit the snake.
> Snake won't bite the señora.
> She won't talk to the landowner.
> Landowner will not arrest the woodcutter.
> Woodcutter will not cut down the tree.
> Tree holds the kernel of corn.
> I need that kernel of corn
> To save my life
> From the farmer's wife.

Water was too busy to notice the crow. Water wanted to stay clean and shiny for the cold winter days. The crow flew on until he met a fat cow. The crow carefully perched near the cow's ear and asked:

> Cow, cow, drink the water.
> Water won't put out the fire.
> Fire won't burn the stick.
> Stick won't hit the snake.
> Snake won't bite the señora.
> She won't talk to the landowner.
> Landowner will not arrest the woodcutter.
> Woodcutter will not cut down the tree.
> The tree holds the kernel of corn.
> I need that kernel of corn
> To save my life
> From the farmer's wife.

The cow flicked her ears. She was pushing around the alfalfa to keep it fluffy in the cold weather. The crow flew on until he found a piece of rope lying in the pasture. He hopped up to the rope and said,

> Rope, rope, bind the cow.
> The cow won't drink the water.
> Water won't put out the fire.
> Fire won't burn the stick.
> Stick won't hit the snake.

El fuego crepitaba, ignorando al cuervo, pues tenía ansia de mantenerse caliente durante la noche fría del invierno. El cuervo voló hasta ver al agua. Habló al agua en voz alta:

> Agua, agua, apague el fuego.
> El fuego no quiere quemar el palo.
> El palo no quiere golpear a la serpiente.
> La serpiente no quiere morder a la señora.
> La señora no quiere hablar al hacendado
> El hacendado no quiere detener al leñador.
> El leñador no quiere talar el árbol.
> El árbol tiene el grano de maíz
> Que me salvará
> De la esposa del ranchero.

El agua estaba demasiado ocupada para hacer caso al cuervo; quería mantenerse limpia y brillante para los días fríos de invierno. El cuervo voló hasta dar con una vaca grande. El cuervo se posó cuidadosamente cerca de la oreja de la vaca y le pidió:

> Vaca, vaca, beba el agua.
> El agua no quiere apagar el fuego.
> El fuego no quiere quemar el palo.
> El palo no quiere golpear a la serpiente.
> La serpiente no quiere morder a la señora.
> La señora no quiere hablar al hacendado.
> El hacendado no quiere detener al leñador.
> El leñador no quiere talar el árbol.
> El árbol tiene el grano de maíz.
> ¡Necesito ese grano de maíz para salvarme
> De la esposa del ranchero!

La vaca aguzó las orejas. Empujaba la alfalfa para mantenerla plumosa en tiempos de frío. El cuervo voló hasta encontrar a una soga en el pasto. Brincó hacia la soga y dijo:

> Soga, soga, ate la vaca.
> La vaca no quiere beber el agua.
> El agua no quiere apagar el fuego.
> El fuego no quiere quemar el palo.
> El palo no quiere golpear a la serpiente.

> Snake won't bite the señora.
> She won't talk to the landowner.
> Landowner will not arrest the woodcutter.
> Woodcutter will not cut down the tree.
> The tree holds the kernel of corn.
> I need that kernel of corn
> To save my life
> From the farmer's wife.

The rope would not move. It was lying on the road waiting to be picked up and used in a warm house for the winter. The crow moved on until he found a mouse picking up seeds in the field:

> Mouse, mouse, chew the rope.
> Rope won't bind the cow.
> The cow won't drink the water.
> Water won't put out the fire.
> Fire won't burn the stick.
> Stick won't hit the snake.
> Snake won't bite the señora.
> She won't talk to the landowner.
> Landowner will not arrest the woodcutter.
> Woodcutter will not cut down the tree.
> The tree holds the kernel of corn.
> I need that kernel of corn
> To save my life
> From the farmer's wife.

The mouse was too busy to be helpful. Mouse was teaching his children how to collect seeds for winter. The crow continued in his quest. He found a cat lying in the sandy arroyo by the barn. The crow perched on a chamisa bush and called out to the cat:

> Cat, cat, catch the mouse.
> Mouse won't chew the rope.
> Rope won't bind the cow.
> The cow won't drink the water.
> Water won't put out the fire.
> Fire won't burn the stick.
> Stick won't hit the snake.
> Snake won't bite the señora.
> She won't talk to the landowner.

La serpiente no quiere morder a la señora.
La señora no quiere hablar al hacendado.
El hacendado no quiere detener al leñador.
El leñador no quiere talar el árbol.
El árbol tiene el grano de maíz.
¡Necesito ese grano de maíz para salvarme
De la esposa del ranchero!

La soga negó a moverse. Estaba a punto de ser usada en una casa caliente durante el invierno. El cuervo voló hasta dar con un ratón que recogía semillas del campo.

Ratón, ratón, roa la soga.
La soga no quiere atar a la vaca.
La vaca no quiere beber el agua.
El agua no quiere apagar el fuego.
El fuego no quiere quemar el palo.
El palo no quiere golpear a la serpiente.
La serpiente no quiere morder a la señora.
La señora no quiere hablar al hacendado.
El hacendado no quiere detener al leñador.
El leñador no quiere talar el árbol.
El árbol tiene el grano de maíz.
¡Necesito ese grano de maíz para salvarme
De la esposa del ranchero!

El ratón estaba demasiado ocupado para ayudar. Enseñaba a sus hijos a recoger semillas para el invierno. El cuervo seguía la búsqueda. Encontró a un gato acostado en el arroyo arenoso al lado del granero. El cuervo se posó en el chamisal y llamó al gato:

Gato, gato, caza el ratón.
El ratón no quiere roer la soga.
La soga no quiere atar a la vaca.
La vaca no quiere beber el agua.
El agua no quiere apagar el fuego.
El fuego no quiere quemar el palo.
El palo no quiere golpear a la serpiente.
La serpiente no quiere morder a la señora.
La señora no quiere hablar al hacendado.

Landowner will not arrest the woodcutter.
Woodcutter will not cut down the tree.
The tree holds the kernel of corn.
I need that kernel of corn
To save my life
From the farmer's wife.

The cat pricked up his ears. This cat liked to catch mice. He was the best mouse catcher on the farm. The cat could give the mouse to his wife for a gift. The cat followed the crow to the mouse.

The cat began to chase the mouse.
The mouse began to chew the rope.
The rope began to bind the cow.
The cow began to drink the water.
The water began to quench the fire.
The fire began to burn the stick.
The stick began to beat the snake.
The snake chased after the señora.
The señora called out to the landowner.
The landowner began to arrest the woodcutter.
The woodcutter cut down the cottonwood tree.
The cottonwood tree released the kernel of corn
And saved his life from the farmer's wife.

All this happened one winter day.

El hacendado no quiere detener al leñador.
El leñador no quiere talar el árbol.
El árbol tiene el grano de maíz.
¡Necesito ese grano de maíz para salvarme
De la esposa del ranchero!

El gato aguzó las orejas. A este gato le gustaba cazar ratones. Era el mejor cazador de ratones en el rancho. El gato podría dar el ratón como regalo a su esposa. El gato le siguió al cuervo hasta llegar al ratón:

El gato empezó a cazar el ratón.
El ratón empezó a roer la soga.
La soga empezó a atar la vaca.
La vaca empezó a beber el agua.
El agua empezó a apagar el fuego.
El fuego empezó a quemar el palo.
El palo empezó a golpear a la serpiente.
La serpiente persiguió a la señora.
La señora llamó al hacendado.
El hacendado empezó a detener al leñador.
El leñador taló el álamo,
El álamo soltó el grano de maíz
Y le salvó la vida de la esposa del ranchero.

¡Todo esto pasó un día de invierno!

Those of Death

In the mountains of Muñoz Canyon, New Mexico, lived a sheep-herder. This sheepherder was a young man of twenty-four years of age. He was of medium build, with piercing, gray-black eyes and had thick, long black hair to his shoulders. This sheepherder's name was Jorobado. Jorobado worked for a man named Señor Gustos.

Jorobado was a bitter young man with a very violent temper. He was not married. Jorobado went out one day to find his sheep. Cold winds came with the blizzard. Jorobado did not return.

Once the wind calmed and the sun shone again, Señor Gustos went out in search of Jorobado. He found the black and bloated corpse of Jorobado. It was surrounded by bootprints. Blood drops followed the bootprints. The boots on the corpse were missing.

Señor Gustos said a prayer, wrapped the corpse in burlap, threw it over his shoulder, and brought it back to the farm. Señor Gustos built a fire upon the cemetery. He let the fire burn all day to thaw the ground. By nightfall, he buried the sad corpse of Jorobado next to his lovely daughter. Señor Gustos placed a tall metal cross over the grave, read from the Bible, and left Jorobado to rest in peace.

He knew that those of death are also called the Walkers of Death. They are corpses that are horrible to see and dangerous to encounter. Life has its rules and forms of existence that must be respected, regard-less of how cruel or cold they may be.

Señor Gustos got up very late that night after a terrible dream. He lit a candle and walked through his farmhouse. His small sons were sound asleep. The doors were bolted. He returned to his bed. His wife was waiting for him. "The horses are neighing and running

176

Los de la muerte

En las montañas de Cañón Muñoz, Nuevo México, vivía un joven pastor de veinticuatro años. De estatura mediana, con penetrantes ojos medio oscuros y largo cabello espeso que llegaba hasta sus hombros, este pastor se llamaba Jorobado. Jorobado trabajaba por el señor Gustos.

Jorobado era un joven amargado de mal genio. Era soltero. Un día Jorobado salió en busca de sus ovejas. Llegaron vientos friolentos con la tormenta de nieve. Jorobado nunca volvió.

Cuando se calmó el viento y brillaba el sol de nuevo, el señor Gustos salió a buscar a Jorobado. Encontró a su cadáver, negro e hinchado. Había huellas de bota alrededor, y gotas de sangre seguían las huellas. Al cadáver le faltaban las botas.

El señor Gustos rezó, envolvió el cadáver en harpillera, lo echó sobre el hombro y lo llevó al rancho. El señor Gustos hizo un fuego en el camposanto. Dejó arder el fuego todo el día para deshelar la tierra. Al anochecer, enterró el triste cadáver de Jorobado al lado de su hermosa hija. El señor Gustos colocó una cruz alta de metal sobre la sepultura, leyó de la Biblia y dejó a Jorobado a descansar en paz.

Sabía que los muertos también se llamaban los Andarines de la Muerte. Son cadáveres que se ven horribles y son peligrosos. La vida tiene sus reglas y modos de existir que se deben de respetar, no obstante lo cruel o frío que sean.

El señor Gustos se despertó muy de noche después de haber tenido una pesadilla. Prendió una vela y caminaba por la casa. Sus pequeños hijos dormían profundamente. Las puertas estaban trancadas. Volvió a su cama, donde le esperaba su esposa:

around in the stable. Do you think there is a hungry coyote out there?"

Señor Gustos went to the window. The light was on in the sheep-herders' shed. He could see the sheepherders walking back and forth near the door of their small shed. Señor Gustos crawled back into bed with his woman. "Who knows what it may be? Perhaps it is the wind." He lay down and closed his eyes, but he did not sleep.

In the morning he did not eat. He went to the barn. The sheep-herders were already there. They called out to him. "It is your fine stallion. His fine black horsehair is ripped clean off his body. All that is left is a skinned corpse!" The sheepherders crossed themselves and hurried out to their sheep. Señor Gustos knelt beside the stallion. All around the stallion were the familiar bootprints, bootprints with drops of blood. They led up the hill to the cemetery. Señor Gustos shook his head. This was not a good sign.

Señor Gustos moved the other horses to another corral. The smell of death made them unruly and nervous. Then he alone pulled the frozen stallion's corpse out to the field below the farmhouse. He built another fire. This time he laid the stallion's corpse on the fire and walked away. The smell, the sight, and the sadness within him would not allow him to watch this end to such a beautiful animal.

He hurried home. Everyone watched the sun that day. They watched the sun, careful to return home before nightfall. The sun moved across the sky, the clouds closed in on the earth, and night fell to find everyone safe indoors at home. The sheepherders had taken crosses and placed them on the doors, the windows, the fireplace, and the loose floorboards of the sheep shed where they slept.

Señor Gustos did the same in his house. Each person slept with a cross over the bed. His wife put a cross over each window, each door, each fireplace, each cupboard. Each room had a psalm from the Bible read in it. Holy water was sprinkled about the floor and the furniture. Each person wore a rosary around the neck.

The barn had also been blessed, and a cross was on each double door. Each horse had a ribbon from the Bible in its mane. They wait-ed. The wind blew. Howling screams wailed out through the night. The boys ran to their parents' bed. All were awake.

A loud whinny, that of a large horse, echoed through the night. Thundering hooves could be heard racing back and forth across the front portal's flagstone floor. Pounding hooves beat against the barn doors. The doors did not open. The horses in the stable raced round and round. The sound became deafening. The sheepherders shook in their little shed.

—Los caballos están relinchando y corriendo de un lado para otro en el establo. ¿Crees que hay un coyote hambriento afuera?

El señor Gustos fue a la ventana. La luz iluminaba la choza de los pastores. Miraba a los pastores que paseaban de arriba para abajo cerca de la puerta de la pequeña choza. El señor Gustos se metió de nuevo en la cama con su mujer.

—¿Quién sabe qué será? Quizás es el viento—. Se acostó y cerró los ojos, pero no se durmió.

En la mañana, no comió. Fue al granero. Los pastores ya estaban allí, y le gritaron:

—Es su fino caballo padre. Se le arrancó el pellejo de su cuerpo. ¡Sólo queda un cadáver despellejado—! Los pastores se santiguaron y se apuraron a cuidar a sus ovejas. El señor Gustos se arrodilló al lado del caballo. Alrededor estaban las ya conocidas huellas de bota, huellas de bota con gotas de sangre. Se dirigían al camposanto arriba en el cerro. El señor Gustos cabeceó. Este no era un señal muy propicio.

El señor Gustos llevó los caballos a otro corral. El hedor de la muerte les hacía revoltosos y nerviosos. Entonces él solo arrastró el cadáver congelado del caballo al campo abajo de la casa. Hizo otro fuego. Esta vez, colocó el cadáver del caballo en el fuego y se fue. El hedor, la escena y la tristeza que llevaba adentro no le permitían mirar el fin de un animal tan hermoso.

Se apuró a casa. Ese día todo el mundo miraba el sol. Miraban el sol, cuidadosos de volver a casa antes del anochecer. El sol cruzó el cielo, las nubes cubrieron la tierra y, llegando la noche, todos se sentían seguros en su casa. Los pastores habían colocado cruces en las puertas, las ventanas, la chimenea y las tablas sueltas del piso de la choza donde dormían.

El señor Gustos hizo lo mismo en su casa. Cada persona dormía con una cruz sobre su cama. Su esposa colocó una cruz sobre cada ventana, cada puerta, cada chimenea y cada alacena. En cada sala se leyó un salmo. Se roció agua bendita por el suelo y sobre los muebles. Cada persona llevaba un rosario en el cuello.

El granero también había sido bendito, y cada puerta doble llevaba una cruz. Se había atado una cinta de la Biblia en el crin de cada caballo. Esperaban. Soplaba el viento. Se oían chillidos aulladores toda la noche. Los hijos corrieron a la cama de sus padres. Nadie dormía.

Un relincho, él de un caballo grande, reverberó en la noche. Se podía oír pezuñas atronadoras corriendo de un lado para otro por el suelo de losa del portal principal. Las pezuñas atronadoras batían contra las puertas del granero. Las puertas no se abrieron. Los caballos en el establo daban vueltas. El sonido llegó a ser ensordecedor. Los pastores temblaban en su pequeña choza.

In the morning everyone was exhausted. The hoofmarks were on the doors of the houses and the doors of the barn, and the sheep corral was ripped apart. All the sheep were huddled together under a bank of snow near a group of trees. All around the sheep shelter were boot-prints with drops of blood. The bootprints turned to hooflike prints that galloped toward the farmhouse.

Everyone moved into the farmhouse the next night. The sheep were put in the storage room in the back of the house. The horses were put in the barn with a cross tied to each horse's mane. Señor Gustos had a meeting in the living room.

"Each of you is allowed to leave if you so wish. This is not good what is happening here. Tonight we need to stay awake with curtains open and see what is happening to us."

The wind began to blow. The clouds moved in close to the earth. The darkness brought a howl of pain. Fear crept through every board in the house. The sheep let out a baaing that shook the vigas in every room. Everyone held a cross and a sword.

The sound of galloping hooves could be heard on the flagstone on the porch. The screaming of the stallion echoed through the night air. "EEEEEAAAAA!"

The front door groaned with the pounding hooves. The screams of the horse entered the room through the blowing wood. The doors held. The figure of a horse could be seen racing away from the farm-house to the barn.

The señora ran to the window. The figure of the horse lifted itself up and pounded on the barn door. Then, as the wind blew, the screams echoed and the figure of the horse changed to that of a dead man. Señora Gustos whispered, "Jorobado!"

The dead man ran to the sheep's corral. The dead man pulled back the branches of the corral, frantically searching for the sheep. The dead man let out a loud yell, a yell that chilled the soul. Señor Gustos pulled the curtains closed.

The señora dropped to her knees on the floor and began to weep. "It is Jorobado. He is searching for his sheep. Let the sheep out for Jorobado. He is in such pain, let the sheep out, please!" The sheep-herders ran to the storage door, opened it, and pushed out the sheep. The wailing went on all night. No one slept.

The morning finally came. The sheepherders carefully opened the front door. They walked out to the sun's warmth. The snow outside was filled with bootprints. Blood was everywhere. The sheep were safe in the corral. On the side of the sheep shed was a cross made in blood. The sheepherders walked around it.

La mañana siguiente todos estaban agotados. Las huellas de las pezuñas marcaban las puertas de las casas y del granero, y se había estropeado el corral de ovejas. Todas las ovejas acurrucaban debajo de una acumulación de nieve cerca de una arboleda. Alrededor del corral de ovejas se encontraban huellas de bota con gotas de sangre. Luego, las huellas de bota se convertían en huellas de pezuña que galopaban hacia la casa del rancho.

La noche siguiente, todos se trasladaron a la casa principal. Pusieron las ovejas en el almacén al fondo de la casa. Llevaron los caballos al granero, donde les ataron una cruz al crin de cada uno. Se reunieron todos en el salón del señor Gustos.

—Cada uno de ustedes puede irse si quiere. Lo que pasa aquí no es cosa buena. Esta noche hay que desvelar con las cortinas abiertas para ver lo que nos está pasando.

El viento comenzó a soplar. Las nubes se bajaron hasta tocar la tierra. En la oscuridad, un aullido de dolor. El terror penetraba cada tabla de madera de la casa. Las ovejas daban balidos que sacudían las vigas. Todos llevaban una cruz y una espada.

Se oía el sonido de pezuñas atronadoras en la losa del portal. El chillido del caballo reverberó por el aire nocturno:

—¡EEEEEAAAAA!

La puerta principal gemía por la fuerza de las pezuñas bombardeantes. Los chillidos del caballo penetraban la sala a través de la madera. Las puertas no cedían. Se podía ver la figura de un caballo corriendo de la casa hacia el granero.

La señora corrió a la ventana. El caballo se alzó y batió la puerta del granero. Entonces, mientras soplaba el viento y los chillidos seguían reverberando, la figura del caballo se convirtió en la de un difunto. La señora Gustos murmuró: —¡Jorobado!

El difunto corrió al corral de ovejas. Arrastró las ramas que escondían al corral, buscando frenéticamente las ovejas. El difunto soltó un grito fuerte, un grito que se enfriaba el alma. El señor Gustos cerró las cortinas.

La señora se puso de rodillas y comenzó a llorar: —Es Jorobado. Busca sus ovejas. Suéltalas para Jorobado. Tiene tanto dolor. ¡Suéltalas, por favor—! Los pastores corrieron a la puerta del almacén, la abrieron y soltaron las ovejas. El gemido continuaba durante toda la noche. Nadie durmió.

Cuando por fin se amaneció, los pastores abrieron cuidadosamente la puerta principal y salieron al calor del día. Afuera la nieve estaba cubierta de huellas de bota. Había sangre por todas partes. Las ovejas estaban ilesas en el corral. Al lado de la choza había una cruz hecha de sangre. Los pastores la rodeaban.

They gathered up their clothes and a few items. They left Señor Gustos's farm and went into town. The people of the village had heard the horrible wailing echo through the mountains. They had not known where it came from. The sheepherders went to the church and spoke with the priest. He listened carefully. He blessed each sheepherder. The priest sat all morning in prayer, gathered up his warm coat and his heavy boots, and set out toward a small farmhouse on the south side of the valley.

The priest entered the quiet house without knocking. He took off his warm coat and heavy boots. He went over to the fire in the fireplace and sat down on a thick wooden chair. His red ring glowed on his hand. "El Fuerte, you are needed at a farmhouse to the north. There is much trouble there."

A young man sat in a wooden chair opposite the priest. His eyes glistened in the firelight. He was El Fuerte, the strong one. The priest stared into the fire. "A farmer and a sheep raiser named Señor Gustos has brought back *La Gente de la Muerte*. He had a daughter born to him who was badly deformed at birth. She was in such pain. He took her to a doctor who told him his daughter had to be cut in a surgery. She died in surgery. The dead ones have arrived after all these years. You are blessed with the powers of God and the ways of death. You must do your duty."

The priest walked to the door, put on his warm coat and his heavy boots, and walked back to the church to pray. El Fuerte let his head fall back on the high wooden chair, and for a moment he prayed.

El Fuerte then gathered up his shield of metal, his sword and knife of the cross, and his gloves with steel fingers. He set out in the night on his strong bay stallion. The moon shone above him, giving him light.

El Fuerte heard the wailing, screaming, and pounding of hooves long before he got to the farmhouse. El Fuerte stood on the hill in the moonlight and saw the dead one. El Fuerte lifted his sword to the night sky. A beam of white light appeared to come from a star and enter into the blade.

The figure of the dead one changed into that of a skinned stallion. The shiny wet skin glistened. Flesh fell from its back as it galloped up the hilltop to challenge El Fuerte. El Fuerte prayed as he lowered his sword. The stallion raced straight at El Fuerte. The sword cut through the stallion. The horse's flesh fell in two equal parts in front of El Fuerte.

El Fuerte slid the sword into its scabbard at his side. He pulled on his gloves. Gold crosses were embroidered into the palm of each

Recogieron su ropa y sus enseres. Dejaron el rancho del señor Gustos para ir al pueblo. Los del pueblo habían oído reverberar el gemido horroroso por las montañas. No daban con el origen. Los pastores fueron a la iglesia y hablaron con el cura. Les escuchó atentamente y, luego, bendijo a cada pastor. Después de pasar toda la mañana rezando, recogió su abrigo y sus botas, y partió para el pequeño cortijo hacia el sur del valle.

Sin tocar la puerta, el cura entró en la casa sosegada. Se quitó el abrigo y las botas. Se acercó a la chimenea y se sentó en una silla grande de madera. Su anillo rojo brillaba.

—El Fuerte, te necesitan en una casa hacia el norte. Hay un gran apuro allí.

Un hombre joven estaba sentado en una silla frente al cura. Sus ojos brillaban por la luz del fuego. Era El Fuerte. El cura miraba fijamente el fuego y dijo:

—Un colono que se llama Gustos ha resucitado a La Gente de la Muerte. Se le había nacido una hija muy desfigurada por el parto. Sufría mucho dolor. La llevó a un médico quien le dijo que su hija necesitaba una operación. Murió de la cirugía. Después de tantos años Los Muertos han vuelto. Tienes la bendición de los poderes de Dios y conoces las costumbres de la muerte. Hay que cumplir con tus obligaciones.

El cura fue a la puerta, se puso el abrigo y las botas, y volvió a la iglesia para rezar. El Fuerte se inclinó la cabeza en el respaldo de la alta silla de madera y rezó brevemente.

Entonces El Fuerte recogió su escudo de hierro, su espada, su navaja sagrada y los guantes con dedos de acero. Salió de noche montando su fuerte caballo bayo. La luna relucía por lo alto, iluminándole.

El Fuerte oía los gemidos, los chillidos y el batido de pezuñas mucho más antes de llegar a la casa. Bajo la luz de la luna El Fuerte se paró en el cerro y vio El Muerto. El Fuerte alzó su espada hacia el cielo nocturno. Parecía que un rayo de luz blanca salió de una estrella y atravesó la hoja de la espada.

La figura de El Muerto se convirtió en la de un caballo despellejado. Brillaba la piel mojada. La carne se le caía de la espalda al subir el cerro a galope para desafiar a El Fuerte. El Fuerte rezaba y bajó su espada. El caballo avanzaba directamente hacia el Fuerte. La espada penetró el caballo, partiéndolo en dos partes iguales a los pies de El Fuerte.

El Fuerte envainó su espada. Se puso los guantes. Cada guante tenía una cruz dorada bordada en la palma. Una mitad del caballo se levan-

glove. The half figure of the horse rose up and changed into the dead man Jorobado. El Fuerte grabbed the throat of the dead man Jorobado. They fell to the ground struggling and rolled against the front door of the farmhouse.

El Fuerte pulled out his sacred knife from his belt. He pushed the knife firmly into the heart of the dead man. The knife glowed as it entered. Drops of blood fell.

El Fuerte stood up, knelt beside the dead one, and with his sacred knife, cut a cross into the forehead of the dead one. The dead one let out a death-defying shriek. His soul was now released. The soul rose above the dead one and then fell on El Fuerte. It pushed El Fuerte's face into the cold snow. El Fuerte choked, gasping for air. The soul spoke out in the stillness, "You shall feel the loneliness of death, you shall know the pain of torture, and you shall live alone for all time."

The soul rose, again drifting away like dust in a calm breeze. El Fuerte jerked his head out of the snow. He coughed, spat blood, and watched as the soul of Jorobado disappeared. El Fuerte reached into his heavy coat. He pulled out his cross of gold that hung around his neck. It was burning hot. It burned through his black gloves. El Fuerte gritted his teeth as the pain burned into his fingers. He knew that to take it off would put the curse of the dead into his soul. He waited for the pain to subside.

El Fuerte prayed. The gold cross cooled. El Fuerte turned and walked to the farmhouse. He called out, "I am El Fuerte, the fighter of death. Your dead one lies dead. His soul has been freed from the earth. In the morning burn the body to ash."

El Fuerte mounted his bay stallion. He rode to the church in the dark. The priest waited at the door. They nodded to each other. El Fuerte continued on his way home.

Señor Gustos burned the body of Jorobado the next day. He burned the body to ash. He and his family still live in their farmhouse. They follow the laws of life.

Such is the way of the land.

tó y se convirtió en el difunto, Jorobado. El Fuerte agarró la garganta
de Jorobado. Se cayeron al suelo y, en el forcejeo, rodaron contra la
puerta principal de la casa.

El Fuerte sacó su navaja sagrada de su cinturón. Intentó asestarle
una cuchillada al corazón del difunto. La navaja brillaba cuando
entró. Cayeron gotas de sangre.

El Fuerte se paró, se puso de rodillas al lado del difunto, y con su
navaja sagrada cortó una cruz en la frente de El Muerto. El Muerto
soltó un chillido mortal, liberando así su alma. El alma subió sobre El
Muerto y cayó encima de El Fuerte, metiendo su cara en la nieve frígi-
da. El Fuerte jadeaba, sofocándose. El alma le habló en medio del
silencio: —Sentirás la soledad de la muerte, conocerás el dolor de la
tortura y vivirás eternamente solo.

El alma subió y, otra vez, voló como polvo llevado por una brisa. El
Fuerte sacó la cabeza de la nieve. Tosió, escupió sangre y miraba mientras el alma de Jorobado se iba desapareciendo. El Fuerte sacó de su
grueso abrigo su cruz dorada que se colgaba del cuello. Ardía fuertemente. Se le quemó a través de los guantes negros. El Fuerte hizo
rechinar los dientes mientras el dolor le quemaba los dedos. Sabía que
el quitarse la cruz le condenaría a vivir la maldición de la muerte.
Esperaba a que se disminuyera el dolor.

El Fuerte rezaba. La cruz de oro se enfrío. El Fuerte se volteó y fue
a la casa. Gritó: —Yo soy El Fuerte, él que lucha contra la muerte. El
Muerto ha muerto. Su alma ha sido liberada de la tierra. Mañana,
queme el cadáver hasta convertirlo en ceniza.

El Fuerte montó su caballo bayo. Cabalgó a la iglesia en la oscuridad. El cura le esperaba en la puerta. Se miraron en forma de
aprobación y El Fuerte siguió a su casa.

El día siguiente el señor Gustos quemó el cadáver de Jorobado hasta
que se convirtió en ceniza. El y su familia viven todavía en la misma
casa. Siguen las leyes de la vida.

Así es la costumbre de la tierra.